THE
女間諜的告白
SPY

A NOVEL ABOUT MATA HARI

保羅・科爾賀

PAULO COELHO

噢，
無玷受胎的馬利亞，
為那些向你求助的人禱告。
阿門。

你同告你的對頭去見官，還在路上，務要盡力的和他了結。唯恐他拉你到官面前，官交付差役，差役把你下在監裡。

我告訴你，若有半文錢沒有還清，你斷不能從那裡出來。

——《聖經・路加福音》（第十二章第五十八—五十九節）

本書根據真實歷史事件改編

PROLOGUE

序

一九一七年，十月十五日，巴黎

國際新聞社

安東．費許曼與亨利．威爾士報導

今日凌晨五點前，十八名男子——其中多數隸屬法國軍隊——爬上巴黎聖拉薩女子監獄二樓。一位獄卒持著火把沿途點亮油燈為他們領路，腳步在十二號牢房停下。

負責監獄事物的是一群修女，蕾奈德修女打開牢房門，走進去之前，請男士們在外面稍候，她在牆上劃了根火柴，點亮裡面的油燈。然後她呼喚其中一位修女前去幫忙。

蕾奈德修女以極為關愛細膩的動作，用手臂圈住正在睡覺的某人。女人掙扎清醒後，表情漠然冷淡，彷彿什麼也不在乎。根據修女的說詞，女人看來就像從一場平靜祥和的睡眠甦醒。當她得知自己幾天前向總統提出特赦申請被否決後，維持一貫的沉默冷靜，外人無從看出她的悲傷，或許，她只是如釋重負，因為一切即將結束。

蕾奈德修女做了一個手勢，雅波神父走進女人牢房，隨同的還有包夏登上校與女人聘請的克魯內律師。犯人遞給律師一封她上星期寫的長信，另外還有放了新聞剪報的兩個牛皮紙信封。

女人拉上黑色絲襪，在這種情境如此盛裝打扮，再怪異也不過，接著，她踩進一雙綢緞蕾絲高跟鞋。從床上起身時，伸手拿起掛在牢房角落的及地皮裘大衣，它的袖口與領口皮毛應該來自另一種動物，或許是狐狸吧。她將大衣披上自己拿來當睡衣的沉重絲質和服。

女人黑髮凌亂。仔細梳理後，她將它固定在頸背，然後戴上一頂天鵝絨帽，用絲帶在下巴打了一個結，一會兒她站在自己即將前往的空地時，帽子才不會被風吹走。

她徐徐彎身要拿一副黑色皮手套，接著若無其事地轉向新進來的人們，平靜說道：「我準備好了。」

所有人離開了聖拉薩監獄那間牢房，走向等待中的汽車，它發動引擎，將他們帶往行刑隊的所在地點。

車子疾駛穿越沉睡中的城市街道，目的地是凡森城堡，這裡曾經有一處碉堡，但在一八七〇年被德國人摧毀了。

二十分鐘後，車子停了下來，人員一律下車。瑪塔．哈莉是最後一個下車的。

士兵早已列隊準備行刑，行刑隊由十二位步兵組成，隊伍最後站了一位軍官，他掏出長刀，此時，雅波神父由兩位修女陪同，與受刑女子說話，直到一位法國中尉趨前，掏出一條白布，交給其中一位修女，說道：

「請蒙住她的雙眼。」

「有必要嗎？」瑪塔．哈莉盯著那塊白布，開口問道。

克魯內律師眼神質疑，轉向中尉。

「如果夫人不想要也行，這不是一定要戴的。」中尉回答。

瑪塔・哈莉沒有被繩索捆綁，也不願蒙上眼睛；站著的她，眼神堅定看著她的劊子手。神父、修女與她的律師往後退開。

行刑隊指揮官密切注意手下，不准他們檢查自己的步槍——當年行刑隊的陋習，就是在行刑前更換槍匣，這樣一來大家都會否認自己開了那致命的一槍——不過，他看起來表情輕鬆。因為任務就要結束了。

「舉槍！」十二名男子立定站好，將步槍放上肩頭。

瑪塔・哈莉文風不動。

軍官站在士兵都能看到他的地方，高舉長刀。

「瞄準！」

他們面前的女子依舊漠然，毫無畏懼。

「開槍！」

軍官手中的長刀揮下，在空氣中畫出一道銀白色的弧線。

太陽已然在地平線升起，照亮步槍發出的火光與黑煙，一連串的槍聲砰砰響起。士兵們在幾秒內瞬間將步槍豎直在地面，動作俐落，充滿旋律感。有那麼一霎那，瑪塔．哈莉身軀直立不動。她沒有出現你看的那些電影中，人們中槍身亡會出現的動作。她並沒有往前或向後仆倒，也沒有高舉手臂或將它們垂在身側。她原地頹然垮下，頭依舊高昂，眼睛仍然大睜。一位士兵暈倒了。

接著，她雙膝發軟，身體倒向右側，毛皮大衣下的雙腿彎曲。她躺在那裡，動也不動，她的臉朝著天堂。

第三位軍官從槍套拔出手槍，由一位中尉陪同，走到那具再也不能動彈的軀體旁。

他彎下腰，將左輪手槍的槍口對著這位女間諜的太陽穴，小心不要觸碰到她的皮膚。然後他扣動扳機，子彈穿過她的大腦。他轉向現場所有人，以莊嚴的聲音宣布：「瑪塔．哈莉已經死了。」

PART - 1

第一部

親愛的克魯內律師，

我不知道本週結束時，我會有什麼遭遇，我向來樂觀，但歲月的摧殘，只讓我苦澀悲傷，孤苦一人。

如果事情如我希望進行，你將永遠不會收到這封信。因為我已經被赦免了。畢竟，我這一輩子都在努力培養人脈，結識有力人士。我會好好保管這封信，直到有一天，讓我唯一的女兒好好閱讀這封信，真正深入認識她的母親。

但如果我錯了，這些耗盡我在地球上最後一週的性命書寫完成的信紙能否完整保存，則希望渺茫。我向來實事求是，我也知道，一旦結案，律師不會回頭，只會繼續處理手邊的下一個案子。

我可以想像之後會發生的事情。你非常忙碌，因為你替戰犯辯護，搞得自己聲名狼藉。不過，人們依舊慕名前來懇求你為他們辯護，就算官司打輸了，對你的事業來說也是最好的宣傳。你將與記者見面，因為他們都想聽聞你對時事的分析，你會在城裡最高級的餐廳進餐，同業將對你又敬又羨。你會知道，我沒有定罪的任何具體證據——只有一堆被人篡改偽造的文件——但你永遠不會公開承認自己讓一名無辜女子入獄身亡。

無辜？或許這個形容詞並不恰當。我永遠不會是無辜的，從我首度踏上這個我深愛的城市就是如此。我原以為自己可以輕易操弄那些想要得知國家機密的人們。我還以為德國人、法國人、英國人與西班牙人全都無法抗拒我的魅力，但到頭來，被人操縱於股掌的竟然是我本人。我從自己真正犯下的罪行全身而退，其中最大的一樁罪行，就是我在男人主宰的世界得到了獨立與解放。我被控犯下間諜罪，但我做過最具體的行為，就是在上流社會的沙龍與人交換流言蜚語罷了。

是的，我將這些流言蜚語變成了「機密」，因為我想要金錢和權力。但那些指控我的人如今就會瞭解，我透露的事情毫無新意。

可惜不會有人知道了。這些信封終將收進布滿塵土的檔案櫃，與其他訴訟文件資料作伴。或許等到你的繼任者或繼任者的繼任者接收後，這些陳年舊案都會被全數丟棄，以便騰出新的空間。

到那時，我的名字早已被人遺忘。但是我寫這麼多，並不是想留在人們的記憶中。我也想努力瞭解自己，為什麼？一個多年來想要什麼就有什麼的女人，怎麼會為了雞毛蒜皮的小事，就被判處死刑？

此時此刻，我回頭檢視人生，才意識到，原來記憶是一條長河，一條只會回頭的長河。

記憶是善變無常的，我們曾經經歷過的世事圖像，仍然能透過一個小小的細節或無意義的聲響，讓我們窒息得無法呼吸。飄到我牢房的烤麵包香氣，讓我想起自由悠遊於小餐館的時光。比起我對死亡或孤獨的恐懼，更足以讓我斷腸。

回憶會帶來名叫憂愁的惡魔——啊！就是我無法逃避的殘酷惡魔，讓我無處可逃。聽見某位犯人唱歌，收到一小疊從來沒送過我玫瑰或茉莉花的仰慕者來信，想像之前我不懂得欣賞的某處城市美景。如今，我卻只剩下這些，或我曾經造訪的國家的回憶了。

回憶向來佔上風，隨之而來的是比憂愁更可怕的惡魔：悔恨。在這間牢房中，它便是我唯一的伴侶，或許除了偶爾來跟我聊天的修女們。她們不談論上帝，也不譴責我為何被輿論稱為「犯了肉體原罪」。她們每次只說一兩個字，記憶就從我嘴裡湧出，彷彿只有我想回到過去，縱身投入那條只會往後流的長河。

一位修女曾經問過我：

「如果上帝給了妳第二次機會，妳會選擇跟現在不一樣的道路嗎？」

我回答，會，但說真的，我不知道。我只知道，我現在的心情猶如鬼城，它只充斥熱情、激動、孤獨、羞愧、驕傲、背叛與悲傷。我無法掙脫它們，儘管我一直為自己感到難過，只能默默啜泣。

我是個生不逢時的女人，無論怎麼做，都無法扭轉現狀。我不知道後世是否還會記得我，倘若真是如此，但願他們不要把我視為受害者，希望他們看見的我，是個勇往直前，無畏承擔自己必須付出代價的勇者。

有一次到維也納旅行時，我遇見一位在奧地利備受推崇的紳士。大家都叫他佛洛伊德——我不記得他的本名了——人們非常景仰他，因為他重新提出人性本純潔的論點，那些我們身上出現的所有缺失與瑕疵，其實都源自父母。

如今我設法回顧自己從哪裡開始出了差錯，但我不能責怪我的家人。亞當與安潔．佐勒給了我金錢能買到的所有享受。他們開了一間帽子店，在人們瞭解石油的重要前，便開始投資，他們送我進私立學校，學習舞蹈，上馬術課。當人們開始指責我是「放蕩隨便的女孩」時，我父親甚至寫了一本書，為我辯護——他從來沒有做過這種事。但我對自己的行為不以為意，他的文字卻也因此引發更多人對我賣淫與說謊的指控。

沒錯，如果你對妓女的定義是接收男人青睞和珠寶，以換取熱情與愉悅的話，那我正是這種女人。是的，我是個騙子，我的行為衝動到幾乎失控，讓我經常忘了自己說過什麼，也不得不耗費心神，只為了彌補我的謬誤。

我完全無法責怪我的父母，除了也許他們讓我出生在錯誤的城市吧：呂瓦登，大部分的荷蘭同胞甚至從來沒聽過這個小鎮，這裡沒發生過什麼大事，日復一日都是同樣的步調節奏。從我還是個少女時，我就知道自己美麗絕倫，因為我的朋友總是競相模仿我的各種行為舉止。

一八八九年，我家遭逢巨變——亞當破產，安潔也病倒，兩年後便過世了。他們不想要我過著他們的苦日子，送我到另一座城市來登上學，一心希望我接受最好的教育。在那裡，我接受成為幼稚園教師的培訓，並期待有一天能認識照顧我一輩子的丈夫。在我離開的那一天，媽媽叫我過去，給了我一包種子：

「把這一包種子帶著，瑪格麗特。」

瑪格麗特——瑪格麗特．佐勒——這是我的本名，我討厭它。當年有無數女孩取名為瑪格麗特，只因為這是一位很受喜愛的女演員大名。

我問她這些是什麼種子。

「它們是鬱金香的種子，也是我們國家的象徵。但更重要的是，它們代表了妳必須學習的真相：這些種子永遠就是鬱金香，即使此時此刻，妳覺得它們看起來與其他花種一模一樣。但是，無論它們有多麼渴望，卻永遠無法成為玫瑰或向日葵。如果它們企圖否認自己的存在，它們將孤苦終生，凋零離世。

「也因此，妳要學著用喜樂的心情，無論如何都要追隨自己的運命。隨著花朵成長茁壯，它們能向外界炫耀自己的美，受到眾人的欣賞；在它們凋謝後，它們就會留下自己的的種子，讓其他人繼續神的工作。」

她將種子放入一個小包，我曾看見她不顧病痛，悉心縫製小包好幾天。

「花朵教導我們，凡事都無法長久：儘管它高雅美麗，但終將凋零衰老，不過，它們仍然將散播新生種子。當妳感到喜悅、痛苦或悲傷時，務必記住這一點。萬物傳承循環，老死凋零，而後重生。」

我必須經受多少風暴，才能理解她想告訴我的道理？當年，她的話聽來無謂空洞；而我只急著想離開那令人窒息的小鎮，週而復始，毫無變化的日日夜夜。今天在我寫下這封信時，我明白了。我的母親就是在說她自己。

「就算是頂天立地的大樹，也能從這些細微渺小的種子成長。妳要記住這一點，凡事不要操之過急。」

她親吻我，跟我道別，我父親帶我到火車站。我們一路幾乎沒有交談。

我認識的所有男人都給過我歡樂、珠寶或社會地位，我從未後悔認識他們——只除了第一個男人，學校的校長，他在我十六歲時，強暴了我。

他把我叫進辦公室，將門鎖上，然後將手放進我兩腿之間，開始撫摸。起初我試圖逃跑，輕聲告訴他時間或地點都不恰當。但他什麼話也沒說，他推開桌上的文件，壓著我趴在桌上，再以一次猛烈的衝刺進入我體內，彷彿也害怕有人可能闖進來撞見我們。

母親曾經語帶隱喻教導我，與男人發生「親密關係」，應該要以愛情為出發點，而且是一輩子的愛情。我離開校長辦公室時，身心極度困惑恐懼，暗下決心不告訴任何人。直到另一個女孩在朋友群中提起這件事，我才知道，原來同樣的事情已經發生在另兩個女孩身上，但我們能向誰投訴？這是在冒險，因為我們可能被學校開除，送回家鄉，卻又無法解釋來龍去脈，所以，我們被迫保持沉默。知道自己不是唯一的受害者，讓我寬心多了。後來，我的舞蹈演出在巴黎遠近馳名，這些女孩將當年往事告訴其他人，沒多久，來登的大街小巷全都知道那件醜聞，當時那位校長已經退休，沒有人敢和他對質。恰恰相反！有些人甚至嫉妒他曾經是當代熱門女天后的男伴。

從這次經驗，我開始將性歸類為一種機械式的行為，與愛情絲毫扯不上關係。

來登比呂瓦登更糟；那裡有一所知名的幼教老師培訓學校，還有許多每天無所事事、愛管閒事的傢伙。有一天，無聊透頂的我開始閱讀鄰近小鎮報紙的分類廣告。就是它了：魯道夫．麥克勞德，蘇格蘭裔的荷蘭陸軍軍官，目前駐紮印尼，尋找年輕新娘，在海外定居。

我的救贖出現了！軍官。印尼。陌生海洋和異域風情。我受夠了保守的荷蘭與喀爾文教條，這裡四處充斥偏見與無趣。我立刻回覆這則廣告，還附上自己最性感美麗的照片。我根本不知道，這則廣告是少校朋友的惡作劇。

我的信是十六封回信中，最後抵達他手上的。

他悉心打理自己，與我會面，彷彿準備上戰場：全副軍裝，左側配了長劍，長長的山羊鬍甚至抹上髮蠟，多少掩飾了他的醜陋與粗鄙。

我們第一次見面時，盡談一些瑣碎小事。但我祈求他能回來找我，而我的祈禱也得到回應；一週之後，他回來了，這讓我的朋友們欣羨不已，也引起校長的嫉妒與絕望，他或許還私心期盼我能跟上一次一樣跟他私會。我注意到魯道夫全身都是酒味，但我沒有太在意。他也許是因為要來見我，才這麼緊張，畢竟根據我朋友的說法，我是班上最美的女孩。

我們第三次也是最後一次見面時，他開口求婚。印尼。陸軍少校。航行至遠方國度。一個年輕女人還能有更多奢求嗎？

「妳要嫁給一個比妳年長二十一歲的男人？他知道妳已經不是處女了嗎？」一位跟我一樣與校長有一段過去的女孩問道。

我沒有回答。我回到家，他恭敬懇求我家人，請他們同意讓他娶我為妻，他們從鄰居那裡借了一筆錢，為我準備嫁妝。我們在一八九五年七月十一日結婚，就在我看見那則廣告的三個月之後。

「改變」與「改善」是兩樣截然不同的事情。如果不是為了舞蹈，以及一位名叫安得列的軍官，我在印尼的人生會是一場永無休止的噩夢。現在最可怕的噩夢，則是再回顧那一段歲月。一位冷漠疏遠的丈夫，身邊總環繞著其他的女人，無法逃跑返回家鄉，好幾個月被迫待在屋內，只因為我無法用印尼話與外界溝通，更不用說無時時刻被其他軍官密切注意的緊繃感了。

原本應該成為任何女人喜悅的泉源——孩子的出生——卻成了我的一場噩夢。從分娩的痛楚恢復，在我碰觸小女兒時，我的生命首度充滿了意義。魯道夫的行為改善了好幾個月，但他很快故態復萌，回到他最喜歡的去處：他在當地認識的鶯鶯燕燕。據他的說法，歐洲女人永遠比不上亞洲女子，因為後者能將性愛變成一種舞蹈。他大言不慚地告訴我這些，或許因為他喝醉了，也可能他想故意羞辱我。後來，安得列告訴我，有天晚上他們兩個在一場毫無意義的遠征中，魯道夫在酒精下肚之後，坦承：

「我怕瑪格麗特。你有沒有注意過其他軍官看她的眼神？她隨時隨地都有可能離開我。」

男人這種深怕失去某人的病態邏輯，讓他們變成可怕的怪物，行為舉止更為差勁。因為我們初識時，我已經不是處女，他便叫我妓女。他想知道我曾經睡過的所有男人，但這全是他的幻想。我泣不成聲告訴他自己在校長辦公室的遭遇。有時他會毒打我，說我在撒謊，其他時候，他會開始自慰，要求我說出更多細節。由於那次經驗已經是我的噩夢，我被迫編造一些莫名其妙的情節，但我不知道自己為何要這麼做。

他竟然派僕人跟我去買看起來像是女僕的服裝，要求我見到他時把它穿上。每次他被某些莫名惡魔占據腦子時，就會命令我穿上它。他最大的樂趣就是重演我被人強暴的場景；他要我躺在桌子上，猛烈朝我體內衝刺，我總是大聲哭叫，僕人們全都聽見了，還以為我很享受。

有時我必須表現得像個乖巧的小女孩，忍受強暴的過程；其他時候，他逼我尖叫，此時他的動作會更激烈，彷彿我是喜歡這件事的妓女。

我逐漸看不清自己了。我將時間花在照顧女兒上，平日便恍惚茫然，在屋內走動。我用厚重的化妝品掩飾傷痕瘀青，但我知道自己騙不了任何人。

我又懷孕了。我滿心喜悅照顧我的新生兒子幾天，但他不久便被照顧他的一位保姆毒死，她甚至沒有機會解釋自己的行為；嬰兒被人發現死亡的同一天，其他僕人把她給殺了。後來，很多人說這是應得的報復，因為這位保姆一直遭人毆打、強暴，每天被永無止盡的工作壓得喘不過氣。

現在我只剩下女兒，一間總是空空蕩蕩的房子，一個因為怕我給他戴綠帽，從來都不帶我出門的丈夫，以及一座美麗到讓我壓抑自己的城市；我雖然置身天堂，卻住在屬於我自己的地獄。

然後有一天，一切都變了。軍團司令官邀請軍官與他們的眷屬參加紀念島嶼領袖的舞蹈表演。魯道夫絕對不會拒絕上級命令。他要我去買昂貴性感的服飾，好好打扮自己。我很清楚，「昂貴」只為了彰顯我是他的所有物，與我個人沒有關係。但如果——後來我才聽說——他這麼畏懼我，為何又要我穿著性感誘人？

我們進入會場。女士們看著我的眼神盡是羨慕忌妒，男人則充滿欲求渴望，我注意到這讓魯道夫非常興奮。看來今晚我一定不會太好過，我會被迫描述自己「想像與現場每一位軍官」所做的一切，魯道夫會一面在我體內衝刺，一面毒打我。我必須用盡所有手段，保護我唯一剩下的：那就是我自己。我只能靠著與安得列不斷說話，以達到這個目的，但同時，安得列的妻子卻以驚恐詫異的眼神凝視我。我讓丈夫的酒杯保持全滿，希望他會現場醉倒。

寫到這裡，我突然不想再繼續回憶爪哇了：回憶能夠揭開舊時瘡疤，其他傷口也會隨之出現，讓靈魂流出更多鮮血，直到你必須跪下大哭。但直到我提出改變我人生的三件大事時，我才要停筆：我的決定，我們觀賞的舞蹈表演，以及安得列。

我決定：我再也不要累積自己的怨懟，忍受超越人類極限的痛苦折磨。

當我想到這裡時，為領袖表演跳舞的團體魚貫上臺，他們總共九位。之前曾有過幾次到城裡劇院觀賞表演，舞臺上狂熱無比、充滿愉悅與鮮活的律動感，今天的舞者動作極度緩慢。一開始我無聊透頂，但當舞者隨著音樂忘我擺動，做出許多高難度的姿勢時，我彷彿陷入某種宗教儀式的恍惚狀態。

其中一個動作是他們讓身體前彎後仰，呈現一種肉體必然極其疼痛的S形狀；他們先是維持不動，隨後，突然跳起來，彷彿準備伏擊的花豹。

舞者全身漆成寶藍，身穿沙龍，這是典型的地方服飾。胸前繫有一條綢緞，打成蝴蝶結，強調男人強健的肌肉，也能掩飾女性的的乳房。女性舞者還配戴寶石頭飾。柔情似水的動作穿雜仿效戰爭的激烈行為，舞者揮動著絲綢，彷彿那就是想像中的寶劍。

我看得沉醉入迷。我第一次明白，魯道夫、荷蘭、被殺死的兒子，這些都屬於一個死去的世界，如今，我就要重生，就像母親給我的那包種子。我抬頭凝視天空，看見了星星與棕櫚葉。當我準備讓自己通往另一個層面、另一個空間時，安得列的聲音打斷了我：

「妳都看懂了嗎？」

我想，我一定懂了，因為我的心不再流血，如今只看見世間最純粹的美。然而，男人總是需要解釋一切，他開始告訴我這種芭蕾源自遠古印度傳統，結合了瑜伽與冥想。他無法理解的是，舞蹈就是詩歌，每一個動作都代表了一段文字。

心靈瑜伽與自發冥想被打斷後，我發現自己開始什麼都談，以免顯得無禮粗魯。安得列的妻子在看他。安得列卻望著我。魯道夫也盯著我、安得列以及領袖的某位女客瞧，她客氣地報以微笑。

我們聊了一會兒，爪哇人不斷丟來嫌棄鄙夷的眼神，因為我們這些外國人不尊重他們的神聖儀式。也許這就是為什麼節目比預期更早結束，舞者列隊離開，眼睛盯著自己的同胞。他們不願看我們這群野蠻白人，這些人的老婆全都打扮得漂漂亮亮，還不是爆出沙啞的笑聲，甚至拿凡士林塗抹自己的鬍鬚或落腮鬍，真是一群不懂禮貌的傢伙。

我再一次為魯道夫斟滿酒杯後，他走向剛才對他微笑的爪哇女子，她看著他的眼神一點也不害怕緊張。此時，安得列的妻子走了過來，抓住他的手臂，對我微笑，似乎在說：「他是我的。」還假裝對丈夫評論舞蹈很有興趣，其實那些內容根本毫無意義。

「這些年來，我一直對你忠心耿耿，」她突然打斷我們的對話。「你主宰了我的心與我的行為，上帝為我作證，每天晚上我都虔誠祈禱，希望你能平安返家。如果我必須為你犧牲性命，我也毫無畏懼。」

安得列轉向我，向我告辭，說他必須離開了，還說今天看完表演，大家都很疲憊。但他的妻子不願讓步，她的語氣堅決，讓他不敢動彈。

「我耐心等你明白，你才是我生命中最重要的。我跟著你到這個國家，儘管它非常美麗，但對所有妻子，包括瑪格麗特而言，絕對是噩夢一場。」她轉過頭對著我，湛藍大眼乞求我的贊同，要我為古老的傳統背書：女人向來是彼此的敵人，也是好友。但我沒勇氣點頭。

「我用盡自己所有的力量，為我們的愛情奮戰，但今天，我的氣力沒了。原本放在我心頭的小石，如今成了一塊大岩石，讓我的心臟無法跳動，我的心臟用它的最後一口氣，告訴我另有超越世俗的一個世界，在那裡，我不需要等著男人來填補空虛孤獨的夜晚。」

我有預感悲劇即將來臨。我請她冷靜；我告訴她大家都很喜愛她，而且她丈夫是最優秀的模範軍官。她搖搖頭笑了，似乎這種話她已經聽過好幾次了。她繼續：

「我的身體能繼續呼吸，但我的靈魂已經死了。我無法離開這裡，卻也不能讓你瞭解，我需要你的陪伴。」

安得列是需要維護自己聲譽的荷蘭軍官，此時此刻，已經看得出他非常不自在，我轉身想要離開，但她放開丈夫的手臂，緊緊抓住我。

「唯有愛可以賦予無謂事物深刻的意義。到頭來，原來我根本沒有得到這份愛。這樣活著還有什麼意義？」

她的臉正對著我；我希望能聞到她呼吸中的酒精味，但什麼也沒有，我看著她的眼睛，那裡沒有眼淚。也許已經乾了。

「拜託妳，我需要妳留步，瑪格麗特。妳是這麼好的女人，孩子才剛夭折。雖然我從未懷孕，但我能體會妳的心情。我這麼做，不是為了自己，而是為了所有自以為自由自在的女性。」

現場任何人還來不及阻止她之前，安得列的妻子從晚宴包掏出一把袖珍手槍，對準自己的心臟，然後扣下扳機。儘管開槍的聲響被她的晚禮服蓋住了，但人們依舊轉向我們的方向。一開始，他們一定以為是我開的槍，因為才幾秒前，她還抓著我。但人們很快看見我的驚恐神情，還有跪在地上，努力想為妻子止血的安得列。她死在他的懷裡，她的眼神只是一抹安詳。大家都靠了過來，包括魯道夫，爪哇女子就在我們對面，可能害怕接下來會發生的事情，畢竟現場這麼多軍官都配有武器，大家也喝得爛醉。在人們開始質問事件經過前，我問丈夫能否馬上離開；他一句話也沒說，立刻同意了。

回家後，我直接走到房間，開始打包行李。魯道夫癱在沙發上，完全醉倒了。第二天一早，他醒來之後，吃過一頓豐盛的早餐，他走到我的房間，看到兩個行李箱。然後首度提出疑問。

「妳準備要去哪裡啊？」

「搭下一艘回到荷蘭的船。若是有機會跟安得列的妻子一樣，那就去天堂。讓你決定。」

他原本是習慣發號施令的人。但我的眼神必然跟平常不一樣，因為，經過片刻的猶豫後，他離開了房子。那天晚上他回家時，他說，我們真的得善用他應有的假期，於是，兩週後，我們搭上開往鹿特丹的第一班郵輪。

我已經接受安得列妻子鮮血的洗禮，透過這個儀式，我永遠自由了，儘管沒有人知道，這自由能帶領我們抵達多麼遙遠的國度。

我僅剩的寶貴時間——雖然我依舊抱著很大的希望，期待自己能被總統大赦，畢竟我有許多朋友擔任高官——今天被勞倫斯修女借走了，她拿了一份清單過來，上面都是我被逮捕時，行李箱裡面的物品。

她萬分謹慎地詢問我，萬一最壞的情況出現，她該如何處理它們。我請她讓我獨處，告訴她我等會兒會處理，因為我沒法再浪費時間了。如果最壞的情況確實成真，毫無選擇，那麼她可以任意處置。總而言之，我把所有東西都抄在這裡，因為我相信一切終將更為美好。

一號行李箱

一隻在瑞士購入，擁有湛藍錶面的黃金腕錶。

一只圓盒，內含六頂帽子、三只珍珠黃金別針、幾根長羽毛、一條面紗、兩件皮草披肩、三個帽飾、一只梨形胸針以及一件晚禮服。

二號行李箱

一雙馬靴，一把馬鬃梳，一盒鞋蠟，一對馬刺，五雙皮鞋，

三件騎馬時穿著的白色襯衫；

一條餐巾——我不知道它怎麼會出現在這裡，可能是我拿來擦馬靴的；

一雙皮革護腿，以便保護雙腳；

三組特別訂做的護胸，在騎馬時固定胸部；

八件絲綢內褲，兩件棉質內褲；

兩條搭配不同風格騎馬服裝的皮帶；

四對手套；

一把傘；

三副遮陽鏡，避免陽光直射；

三雙羊毛襪，其中一雙已經因為使用過久，破損不堪；

一個專門收納裙裝的袋子；

十五條生理期使用的衛生布巾；

一件羊毛毛衣；

一套完整的騎馬服，還有搭配的外套與長褲；

一盒髮夾；一綹假髮，上面還有一個髮夾，以便固定在我的頭髮上；

三條狐毛護頸；

兩盒蜜粉。

三號行李箱

六雙護腿；
一盒保濕乳液；
三雙漆皮高跟馬靴；
兩件馬甲；
三十四件洋裝；
一個手工布袋，裡面看起來似乎裝有不知名的植物種子；
八件緊身內衣，
一條披肩，
十件更舒適的內褲，
三件背心，
兩件長袖夾克，

三把梳子，

十六件女性襯衫，

另一件晚禮服；

一條毛巾；

一塊肥皂——我不用飯店提供的肥皂，它們或許會是疾病的傳染源；

一條珍珠項鍊；

一個裝有鏡子的手提包；

一把象牙梳；

兩個睡前收納首飾的珠寶盒；

一個黃銅製的名片夾，俄羅斯第一軍團瓦丁·馬斯洛夫上尉所有；

一個裝有瓷器茶具組的木盒；

兩件睡袍；

有珍珠母手柄的指甲磨刀；
兩只菸盒，一銀一金。或者是鍍金，我不太確定；
八個睡覺時使用的髮網；
裝有項鍊、耳環、一只翡翠戒指、一只翡翠鑽石戒指與其他廉價珠寶的幾個盒子；
一只絲袋，內有二十一條圍巾與手帕；
三把扇子；
法國頂尖品牌的口紅與腮紅；
一本法語詞典；
放了我幾幅照片的皮夾，還有……數不清的廢物，我原本打算在自己離開這裡之後，把它們丟棄，例如綁了蝴蝶結的情書，我喜歡的歌劇門票等等。

多數物品都是巴黎茉莉思飯店沒收的，因為他們——誤以為——我付不起住宿費用。怎麼會這麼想呢？畢竟，巴黎向來是我的首選目的地；我絕對不會讓這裡的人們認定我是個騙子。

我不奢求快樂；我只希望自己不要再跟過去一樣悲慘度日，悶悶不樂。但或許，如果我再多一點耐性，在不同情境下，我便已經啟程前往巴黎了。但我無法忍受父親新娶進門的妻子每天指責我、我的丈夫、一個哭個不停的小女孩，或是不顧我已婚身分，依舊對我充滿歧視偏見的小鎮居民。

有一天，我坐火車去海牙的法國領事館，這件事沒有人知道——這需要厲害的直覺與技巧。當時戰鼓未鳴，前往法國依舊容易；荷蘭向來在肆虐歐陸的大小衝突保持中立，我信心滿滿，跟領事約在一家咖啡館見面，他甚至試圖引誘我，我假裝落入他的圈套，兩個小時後，我拿到了一張前往巴黎的單程車票。我答應他，我在那裡等他找到機會偷溜出門。

「我知道應該要對幫助過我的好人慷慨一點，」我暗示。他聽懂我的話，問我能做些什麼。

「我是東方音樂的古典舞者。」

東方音樂？這更引起了他的好奇心。我問他可不可能給我一份工作。他說他能引介我認識一位巴黎的有力人士吉梅先生[1]，他不但是個偉大的藝術收藏家，也熱愛東方世界的一切事物。我什麼時候準備離開？

「如果你能替我找到住的地方，我今天就走。」

他發現自己被耍了。我只不過是另一位想到夢幻之都，尋覓有錢男人與安逸人生的女人。我感覺到他開始退卻。他在聽我說話，卻也正觀察我的一舉一動，詮釋我說的每一個字以及手勢。我向來被人視為蛇蠍女——現在卻學會畢恭畢敬，謙卑內斂。

「如果你的朋友喜歡，我可以跳幾段正宗的爪哇舞蹈給他看。如果他不喜歡，我當天就會搭火車回家。」

「但是，這位夫人……」

「我是小姐。」

「妳只跟我要了一張單程車票。」

我從口袋拿出一些錢，讓他知道我身上有足夠的錢買回程機票，我當然也有足夠的錢出門，男人一旦有能力幫助女人，就會脆弱心軟，根據爪哇那群軍官情婦們的說法，這可是男人最大的幻想。

他鬆懈了，他問我的名字，好讓他可以寫信向吉梅先生介紹。名字？我還沒想過呢！真名會讓人循跡追蹤到我家人，法國目前最不需要的就是跟中立國為了某位急著逃家的女人陷入僵局。

「妳的名字？」他又問，手裡拿著筆和紙。

「瑪塔．哈莉。」

安得列妻子的鮮血再度洗遍我全身。

1 編注：吉梅先生（Emile Etienne Guimet, 1836-1918），經營吉梅博物館（Musee national des Arts asiatiques-Guimet），收藏大量亞洲藝術品。

眼前的一切難以置信。雄偉高聳的鐵塔直指天際，卻還沒出現在巴黎的明信片上。塞納河兩岸林立來自世界各地的獨特建築，中國、義大利與其他有趣的國家。我努力想看到荷蘭風格，但什麼也沒找到。我的國家究竟能拿什麼當代表？古老的風車？沉重的木鞋？上述在現代世界毫無立足之地——圓形鐵鑄地基貼著宣傳海報，介紹我不敢相信存在於世界上的奇觀。

「百聞不如一見！無須使用瓦斯或火燄的燈具！只在電力宮殿展示！」

「不需要移動雙腳就可以上樓！全新電扶梯為你代勞！」這段介紹文字的上方是某種結構體的草圖，一個貌似開放隧道的建築，兩側還有扶手。

「新藝術運動風格：時尚最新趨勢。」

這段話沒有驚嘆號，照片是一只有兩隻天鵝的白瓷花瓶。下面還有一張類似巨型鐵塔的金屬結構草圖，還有個霸氣的名字叫「大皇宮」。

新藝拉瑪、瑪芮拉瑪或全景電影——這些全是能移動的圖像，帶著遊客前往他們從未想像自己能抵達的國度。但是我看得越多，卻也更茫然了，甚至充滿悔恨；我可能踏出了遠超過我雙腳所能觸及的一大步。

城裡到處都是人，大家忙著從河岸的這一端走到另一端。女士們打扮高雅大方，我這輩子從未想像可以這樣打扮；男士們也似乎忙於要事，但每當我轉身，總注意到他們的眼神一直跟著我。

儘管我在學校上過法文，但我還是不太放心，我手裡拿著字典，走近一位跟我年齡相仿的年輕女子，結結巴巴問她我該如何找到領事為我預定的飯店。她瞄瞄我的行李與服裝，雖然我身上穿了從爪哇帶回來最時尚的洋裝，但她什麼也沒有回答。顯然在這裡，外國人不受歡迎，要不然就是巴黎人自以為是地球上最優秀的民族。

我試了兩三次，對方的回應總是大同小異，最後我累了，坐在杜樂麗花園休息。這就是我從小的夢想；能到這裡已經很棒了。

我該回頭嗎？我心裡盤算許久，知道要找地方住宿會有多困難。然後命運插手了：一陣大風襲來，一頂大禮帽落在我的兩腿間。

我小心把它撿起來，交給跑到我面前的男人。

「妳拿了我的帽子，」他說。

「沒錯，它被我的腿吸引過來了，」我回答。

「不能怪它，」他完全沒有掩飾想跟我調情的企圖。與家鄉那些喀爾文主義者不一樣，法國人素來有徹底自由開放的名聲。

他伸手要拿禮帽，但我將它放到背後，伸出我的另一隻手，上面寫著飯店地址。看完之後，他問我那是什麼。

「我有個朋友住在那裡。我想來陪她兩天。」我不能說我正準備跟她一起去吃晚餐，因為他看見我身邊的行李。

他什麼也沒說。我猜這間飯店一定是低俗普通到不值得評論。但他的回答讓我很驚喜：

「里沃立大街就在妳現在坐著的這張長凳後面。我可以替妳拿行李，沿途還有幾間酒吧。可以跟我喝一杯茴香甜酒嗎？夫人如何稱呼？」

「我是瑪塔．哈莉小姐。」

我沒什麼好損失。他就是我在巴黎認識的第一個朋友了。我們朝飯店前進，路上停在一間餐廳休息，服務生穿著及地圍裙，看起來彷彿才剛離開一場正式晚宴。他們臉上的微笑似乎直接朝著我的同伴而來。我們找到餐廳角落的一張小桌子。

他問我哪裡人。「東印度群島，」我解釋。「它屬於荷蘭帝國，我在那裡出生長大。」我提到那座壯麗的高塔，說它也許是世界上獨一無二，卻無意間激怒了他。

「它四年後就要拆了。這個萬國博覽會掏光政府財庫，比我們最近參與的兩場戰爭還花錢。他們希望從現在起，歐洲各國將團結一心，成為一個大聯盟，大家和平共存。妳相信這種鬼話嗎？」

我其實沒什麼意見，所以我「選擇」保持安靜。正如我之前所說，男人最愛強加詮釋分析，對什麼事情都要表達意見。

「妳應該也看到德國人蓋的大型展館，這擺明是要羞辱我們。大而無當，品味低俗，那堆小型金屬船隻據說很快就要主宰地球所有海洋，還有那一座裝滿什麼的巨塔呢？」

他停頓了一下，彷彿準備說出淫穢字眼。

「……啤酒！他們說它是為了紀念德國皇帝，但我絕對可以肯定，這些展示只為了一個目的：告誡我們要小心！十年前，他們逮捕了一位猶太間諜，他口口聲聲保證，戰爭一定會再次敲開我們的大門。但如今，他們發誓這個可憐的傢伙根本是無辜的，一切都是那可惡的作家左拉搞的鬼。他製造社會的分化。現在法國有一半以上的人都想要赦免他，讓他離開惡魔島，他明明就該在那裡終老至死。」

他又點了兩杯茴香酒，匆匆喝完他那一杯，然後說他很忙，可是，如果我能待在城裡更久，就應該去看看我國家的展館。

我的國家？我沒看到什麼風車或木鞋。

「其實他們把名字取錯了：荷蘭東印度展館。我還沒有時間去看，想必也會擺放昂貴的設施——不過聽說蠻有趣的。」

他起身取出一張名片，從口袋抽出金筆，劃掉自己第二個名字，顯然他希望我們以後可以更密切往來。

他離開了，臨走之前，在我手臂留下有禮貌的一吻。我看著名片。傳統寫法是不會留下地址的，我也不想收一些沒有用的物品，所以等他走遠之後，我就把它揉成一團丟掉了。

兩分鐘後，我又回頭撿回那張名片：這位先生就是領事信上想引介給我的人！

PART - 2

第二部

身材修長高䠷，帶著如野生動物般的神祕優雅，瑪塔・哈莉一頭烏黑長髮，波動搖曳，將我們帶到一處神奇祕境。

女性風姿之最，用她的身體寫下一齣陌生悲劇。

千萬條曲線與動作完美結合，譜出千萬個豐富多元的節奏。

這些剪報看起來就像一個破碎茶杯，拼湊出一個我早已忘卻的故事，一旦我離開這裡，我要用皮革裝訂，為它們裱框。這就是我留給女兒的遺物，因為我的金錢全被沒收了。當我們再度團聚時，我會跟她介紹「女神遊樂廳」，所有女人都夢想為這裡的觀眾獻上最精彩的舞蹈。我會告訴她馬德里老城、柏林街道與蒙地卡羅宮殿是多麼美麗。我們要參觀凱旋門，到色閣拉皇家俱樂部一遊，也要去美心餐廳與拉普梅耶餐廳大快朵頤，服務生看見老客戶歸來，一定會欣喜若狂。

我們要一起去義大利，樂見狄亞格烈即將破產，我也要帶她到米蘭史卡拉大劇院，自豪介紹：

「我就是在這裡表演瑪律切諾的《酒神巴克斯與維西由》。」

我確信我現在的遭遇只會讓我更加聲名大噪；有誰不想認識一位肚子裝滿祕密的神祕間諜兼蛇蠍美人？只要險境並非真正存在，人人都喜歡與危險調情。

或許她會問我：

「那我的媽媽，瑪格麗特．麥克勞德呢[2]？」

我會回答：

「我不知道她是誰。我這輩子都以瑪塔．哈莉的身分行事思考，始終都是男人幻想與女士羨慕的對象。自從我離開荷蘭後，我便失去了對距離與危險的概念——我也不再害怕它們了。我身無分文抵達巴黎，一件得體的衣服都沒有，結果妳看我如今爬到什麼地位了。我希望妳也能擁有同樣的經歷。」

我會談論我的舞蹈——值得慶幸的是，我還收著一些展示舞姿與服裝的相片。在舞臺上的我，早就忘記自己是誰，只想全心將一切獻給上帝，不懂我的批評家總是拿這件事向我開砲。但在那一霎那，我什麼也不是，甚至沒有了肉體，我剩下的，只有與宇宙合而為一的舞蹈動作。

我將永遠感謝吉梅先生。他給了我第一次表演的機會，地點就在他的私人博物館，而且還讓我穿上他的個人收藏、從亞洲進口的昂貴服飾，雖然我必須以半小時毫無樂趣的性愛回報。我在三百人面前跳舞，當中有記者、社會名流及至少兩位大使——分別來自日本與德國。兩天內，報紙依舊不斷討

2 編注：Magaretha MacLeod，丈夫名Rudolf MacLeod，為瑪塔．哈莉冠夫姓之名。

論這位充滿異國情調的女子，出生於荷蘭帝國的窮鄉僻壤，卻帶來了遙遠國度居民的「虔誠」與「解放」。

博物館舞臺有一座裝飾用的濕婆神雕像——祂是代表創造與毀滅的印度神祇。蠟燭燃燒時，散發迷人香氣，音樂讓觀眾陷入一種恍惚狀態，除了我——仔細研究我被交付的異國服飾後，我知道自己該怎麼做了。這機會稍縱即逝，我只能把握當下，在我迄今悲慘孤零的人生中，我總是被人要求以性愛換取協助，已經習以為常了，但是習慣是一回事，滿足又是另一回事。金錢永遠不夠，我想要更多！

當我開始跳舞時，我知道我只需要與夜總會舞者一樣，專心舞動就好，不需要賦予任何意義。我在一個莊嚴的場合，臺下觀眾渴望追求新事物，卻沒有勇氣造訪任何可能暴露自己身分的地方。

我身上的薄紗層層相疊，卸下第一件時，似乎沒有人注意。但當我脫下第二件，然後第三件之後，人們開始交換眼神了。第五件薄紗時，觀眾已經完全專注在我的動作，完全不在乎我的舞蹈內容，只想知道我會脫到哪個程度。就連眼神與我偶而交會的女士們，似乎也不感到震驚或憤怒；看來她們跟男性同胞們一樣為我的動作興奮不已。我知道若是在自己的祖國，我應該會立刻被逮捕，送進監獄，但法國可是主張平等自由的最佳典範。

當我脫到第六層薄紗時，我走到濕婆神雕像旁，偽裝自己達到性高潮，然後倒到地上，同時褪去第七件也是最後一件薄紗。

有好幾分鐘，觀眾席鴉雀無聲——從我躺著的地方，看不到任何人，大家似乎都嚇壞了，無法動彈。最後傳來第一聲「Bravo！」那是一個女性的聲音，不久後，全體觀眾站起來為我鼓掌喝采。我一隻手遮住乳房，另一手遮住我的私處，低頭表達自己的感激，然後走下舞臺，我故意在那裡放了一件絲綢長袍。接著，我回到臺前，在如雷掌聲中表達我的感激，當下我決心立刻下臺，不再回頭，這才能保持我的神祕感。

但我注意到只有一個人沒鼓掌，只是面帶微笑。那是吉梅夫人。

第二天早上，我收到兩張邀請函。一張來自科耶夫斯基夫人，她問我能否在為俄羅斯傷兵募款的慈善舞會表演同樣的舞蹈，另一張邀約則來自吉梅夫人，她想找我沿著塞納河畔散步。此時此刻，報章雜誌、明信片、香菸盒、雪茄包裝或沐浴乳罐子上還看不見我的臉或名字。我依舊是一位表現傑出獨特的無名氏，但我已經踏出最重要的一步；觀眾席的每一個人都為我沉醉了，這已經是我所能奢求最棒的宣傳了。

「人們無知是好事，」吉梅夫人說，「因為妳表演的根本不是什麼東方傳統舞蹈。妳一定是當晚臨時想出來的。」

我僵住了，納悶接下來她是不是要討論我那一晚是怎麼度過的——一個單調無趣、令人不悅的夜晚——而且是與她的丈夫共度。

「唯一看得懂的只有那些死氣沉沉的人類學家，他們全是書蟲，所以不會揭發妳的。」

「可是我……」

「沒錯，我相信妳去過爪哇，很清楚當地的風俗傳統，也許妳也是某位軍官的情婦或妻子。就像所有年輕女性一樣，妳夢想能有一天到巴黎發光發熱；所以妳才一有機會就逃家到這裡。」

我們腳步沒有停下來，但已經陷入沉默。我可以繼續撒謊──反正我這輩子都在說謊，什麼謊話都難不倒我，但吉梅夫人已經略知一二了。我最好靜看這段對話接下來會有什麼發展。

「給妳一些建議，」吉梅夫人說，我們開始過橋，朝金屬巨塔前進。

我問她能不能坐一下。走在人群間讓我很難專心。她同意了，我們在戰神廣場找到一張長凳。有幾個男人嚴肅認真，努力拋接幾顆金屬球，想要擊中一塊木板；在我看來真是荒唐可笑。

「我跟幾位看過妳表演的朋友談過，我知道明天開始，報紙就會開始吹捧妳，把妳當女神看待，不用顧慮我，我不會對任何人提到妳『東方舞蹈』的內幕。」

我繼續聽她說話，完全無力辯解。

「我要給妳的第一條建議是最困難的，而且與妳的表演無關。絕對不要墜入愛河。愛是毒藥。一旦妳戀愛了，妳會喪失對自己人生的主宰權——妳的心和思想都屬於另一個人。妳的生命會岌岌可危，妳會開始費盡心思、不計一切，只為了抓住妳的愛人，沒了危機意識。愛情令人費解，危險重重，能夠殲滅妳在地球表面認識的所有人事物，讓妳只想為自己心愛的人活著。」

我想起安得列妻子開槍自殺前的眼神。愛能突然奪走人的性命，不留下任何罪證。

有個小男孩走近一輛手推車買冰淇淋。吉梅夫人此時提出了第二個忠告。「人們說生命並不複雜，但人生確實是繁複難懂的。想吃冰淇淋，想買洋娃娃，跟那群男人一樣認真想贏得法式滾球比賽，這些都很簡單——看那群爸爸們，身負重任，汗流浹背，只是想把那顆小小金屬球擊中木片。想要闖出名聲很容易，但想要維持一個月或一年，眾人對妳的熱愛依舊不滅，非常困難，特別是妳還得把這種名望與妳的肉體結合。想取得某個男人的青睞並不困難，但如果這個男人已婚有了小孩，不願為妳放棄自己的家庭，那就更加障礙重重，不可能了。」

她停了許久，眼睛充滿淚水，我這才發現原來是她的經驗之談。

輪到我說話了。我屏住呼吸，一次說完：是的，我撒了謊；我不是在荷屬東印度群島出生長大，但我對那裡的確非常熟悉，更不用說那群原以為可以找到獨立與刺激的女人，如今已淪為寂寞乏味的受害者。我盡可能忠實描述安得列的妻子死前與丈夫的最後一次談話，企圖想藉此安慰吉梅夫人，也沒有透露我其實知道她把自己當前車之鑑，提供我這些可貴建議。

「這世界的一切都是一體兩面。被殘酷愛情大神遺棄的人也是有罪的，因為他們回首過去，納悶自己何必安排那麼多未來計畫。但如果他們更深入搜尋自己的回憶，就會想起播種的那一天，自己是如何照顧它，提供養分，讓它茁壯，成為一顆堅固強壯而無法連根拔起的大樹。」

我的手不自主地伸進包包，摸到媽媽過世前給我的那包種子。我總是隨身帶著它們。

「無論男女，當他們被所愛的人拋棄時，只會專注在自己承受的痛苦上。他們從未靜心考慮對方的感受。或許對方也很難過，只是為了社會觀感把自己的心留給了家人。每天晚上，他們躺在床上，輾轉反側，困惑質疑又不知所措，揣思是否做出了錯誤的決定。其他時候，他們卻又意志堅決，知道自己的責任就是要保護家庭與孩子。但時間並沒有站在他們這一邊；分離的時刻離他們越遠，他們的記憶越是純淨；早已忘卻折磨艱困，而不斷渴望那已然失去的樂園。

「另一個人也無法克制自己，變得越來越疏離，平常也是心不在焉，週末會到戰神廣場找朋友玩球。他兒子喜歡吃冰淇淋，妻子觀賞優雅的禮服遊行，眼神落寞。風勢並沒有強大到足以讓船隻改變方向；它依舊停泊在港口，只有在風平浪靜時才敢出海。大家都是受害者；離開的人，留下的人，還有他們的家庭與孩子。但任何人都無力挽救現狀。」

吉梅夫人的眼睛盯著花園中新近栽種的草皮。她假裝自己在「容忍」我的話語，但我知道我扯動了她的舊傷，使它汩汩流出鮮血。過了一段時間，她起身提議我們回去——她的僕人可能已經在準備晚餐了。一位初試啼聲的藝術家今天要帶著他的朋友參觀她丈夫的博物館，晚一點還要去造訪這位藝術家的畫廊，他打算給她看一些畫。

「當然，他想把畫賣給我，但我只是想認識不同的人，走出這個讓我覺得越來越無趣的世界。」

我們悠閒散步。就在夏樂宮附近，我們準備過橋之前，她問我願不願意加入他們的晚宴活動。我回答，當然願意，不過我把晚禮服留在飯店了，這樣出席可能不太得體。

老實說，我根本沒有稱得上高貴優雅的晚禮服，而且「飯店」只是客氣形容我這兩個月來落腳的民宿，我都在那裡的臥室「招待」我的「客人」。

但女人之間總能心照不宣。

「我可以借妳一件衣服，如果妳願意，我的衣服多得都穿不完了。」

我微笑接受邀約，我們走回她家。

只要我們不知道人生要帶領我們到哪裡，就永遠不會迷失。

「**這位是**我跟妳提過的畫家，**帕布羅・畢卡索**。」

從我們被介紹認識彼此的那一刻起，畢卡索便忘了其他客人，整個晚上都想搭訕我。他讚嘆我的美，請我當他的模特兒，還說我可以跟他去馬拉加一週，逃離瘋狂的巴黎社會。他只有一個目標，而且他不需要明說：他只想把我弄上床。

這一位自以為偉大傑出的傢伙，奇醜無比，白目無知又沒禮貌，讓我覺得非常尷尬。他的朋友們有趣多了，包括一名義大利來的先生，亞美迪歐・莫迪里亞尼，此人感覺更高尚文雅，完全沒有逼我跟他聊天的意思。每次畢卡索結束他滔滔不絕關於藝術革命的演說之後，我便立刻轉頭找莫迪里亞尼說話。這似乎激怒了畢卡索。

「妳從事什麼行業呢？」莫迪里亞尼問我。

我解釋自己致力於表演爪哇部落的神聖舞蹈。他雖然不盡明白，但也很客氣地開始討論眼神在舞蹈中的重要性。他對人們的眼神與眼睛非常著迷，偶爾去看戲時，他說自己很少注意舞臺演員的動作，反而專心研究眼神想透露的玄機。

「不知道爪哇的聖舞是否也這樣——我對它一點概念都沒有。我只知道東方舞者能讓自己的身體完全靜止不動，將全力放在雙眼想傳達的意義。」因為我不知道答案，只能點頭，這個謎樣的動作，可以代表贊同或否認，就看他要如何解釋。畢卡索不斷插嘴，想表達自己的看法，但風度翩翩的莫迪里亞尼懂得等待，輪到他時，又回到剛才的話題。

「我可以給妳一些建議嗎？」他問，當時晚餐已經接近尾聲，大家準備起身到畢卡索的畫室。我點頭稱是。

「找到妳想要的方向，努力超越自己的期望。提昇妳的技巧，持續練習，訂定更高的目標，它或許難以實現。但藝術家就只有一個使命：超越自己的極限。對自己毫無所求的藝術家，人生總是悲哀慘淡。」

西班牙人的工作室不遠，所以大家走路過去就好。那些作品中，有些令我讚嘆，但有些我看了就討厭。人性不就是如此嗎？總是追求兩個極端，不考慮中庸？為了逗弄畢卡索，我在一幅畫前停了下來，問他為什麼堅持要讓東西看起來這麼複雜。

「我花了四年學習，想畫出文藝復興大師筆下的經典作品，但我這輩子的成就是回頭學小孩塗鴉繪畫。真正的祕密就在孩童的筆觸中：看起來或許幼稚，但它代表了藝術之最。」

他的答案如此犀利精彩，但我已經無法回頭，去改變我對他的想法。那時莫迪里亞尼已經先離開了，吉梅夫人雖然看起來莊重自持，但她早已精疲力竭，畢卡索也被女友菲兒的嫉妒分了心。

我說天色晚了，大家陸續離開。我後來再也沒有遇見畢卡索或莫迪里亞尼。我聽說菲兒決定離開畢卡索，但不知道確切原因。我後來只看見她一次，那是幾年後的事了，她是一家古董店的店員。她沒認出我，我也假裝認不出她，她也從我的生命消失了。

接下來幾年，雖然時間不是很長，但今天回想起來時，它們卻彷彿無邊無際——我只顧朝著陽光前進，早已忘卻了風暴。讓自己神迷於玫瑰的美麗，卻沒有注意到荊棘的威脅。那些在法庭不怎麼熱心為我辯護的律師，其實也是我的眾多情人之一。所以，克魯內律師，如果事情完全按照你的計畫進行，我最後卻還是得面對行刑隊的話，就請你把這一頁撕掉丟棄。不幸的是，我沒有其他人可以傾訴。我們都知道我並非死於這愚蠢的間諜指控，而是因為我決定成為自己夢想中的那個人。無奈實現夢想的代價，總是高不可攀。

脫衣舞從上世紀末就已經風行——法律也是允許的——但人們總當它是暴露肉體的行為。我讓這種怪誕的表演跨入藝術領域。當脫衣舞開始禁止時，我還能繼續合法演出。我的表演與女子當眾寬衣解帶的粗俗行徑天差地遠。偉大的作曲家普契尼與馬斯奈曾經是我的觀眾，也有幾位大使喜歡我的演出，例如馮克魯與安東尼奧．果韋耶，羅斯柴爾德男爵[3]和加斯頓．梅尼耶[4]兩位商界大亨也曾是我的座上賓。在我寫下這些文字時，心裡其實痛苦不已，他們竟然從未努力為我爭取自由釋放。畢竟，那位被冤枉的德雷福斯船長[5]不就順利離開惡魔島了嗎？

許多人會說：可是他是無辜的！沒錯！我也是啊！到現在，沒有任何具體證據顯示我有任何犯法行為，在我決定放棄跳舞生涯後（儘管我是一位傑出的舞蹈家），我只是為了彰顯自己的重要性，持續宣傳自己。為了達到這個目的，我找到當代最舉足輕重的經紀人亞斯呂先生，他也是當時許多名流明星的代表。

亞斯呂幾乎成功安排我與尼金斯基在史卡拉大劇院共同演出。這位芭蕾舞者的經紀人——兼情人——覺得我是難搞、情緒化又沒什麼耐心的女人。他臉上帶著微笑，堅持要我靠自己的能力展現藝術表演，認為我不需要得到義大利媒體或劇院總監們的奧援支持。為此，我靈魂的一部分死了。我知道自己已經年老色衰，很快就會失去身體的靈活與輕盈。一開始曾經宣揚讚賞我的正規媒體，現在也一面倒批評我。

而我的模仿者呢？城裡各個角落都可見寫著「瑪塔・哈莉傳人」的宣傳海報。但她們只會怪異地扭動自己，然後脫下衣裳暴露肉體，毫無巧思或靈感可言。

我對亞斯呂毫無怨言，雖然此時此刻，他最不願意的就是與我的名字扯

3 編注：羅斯柴爾德男爵（Baron Rothschild, 1840-1915），本名為Nathan Mayer Rothschild，第一代男爵，羅斯柴爾德家族為現代著名的銀行家族。

4 編注：加斯頓・梅尼耶（Gaston Menier, 1855-1934），梅尼耶巧克力的第三代。

5 編注：德雷福斯船長（Captain Dreyfus），原名為Alfred Dreyfus（1859-1935），法國猶太裔軍官，一八九四年被誤判叛國而遭逮捕流放到法屬圭亞那的惡魔島，此事為法國史上著名的「德雷福斯事件」。

在一起。他在我的俄羅斯傷兵慈善義演後幾天出現，我真心懷疑，募款餐會的鉅額捐款，是否真正交給了在太平洋戰場上，為沙皇與日本人拼搏廝殺的年輕士兵。不過那是我在吉梅博物館之後的第二次公開演出，眾人似乎都很滿意我的表現。有更多人對我的舞蹈深感興趣，科耶夫斯基夫人與我的金庫都填得滿滿，貴族自認對社會有所貢獻，每一個人都覺得很開心能在這種無私公開的場合，有機會見到裸體美女表演。

亞斯呂幫我找到一家適合我逐漸建立名聲，討論合約的飯店。他安排讓我在當時最主要的奧林匹亞音樂廳演出。亞斯呂是一位比利時猶太拉比的兒子，總是喜愛拿整個身家財富賭在默默無名的藝術家身上，今時今日，他們早都是名聞遐邇的偶像，例如卡羅素與魯賓斯坦等。他在正確的時機，帶著我走出去見識世界，多虧了他，我改變自己的行事方式，我開始賺進更多的錢，在巴黎各大音樂廳演出，最終，讓我能盡情放縱自己，花錢享受我最熱愛的時尚：服裝。

我不知道自己總共花了多少，亞斯呂告訴我問價錢太俗氣了。

「就挑妳喜歡的，然後請人送到飯店——其他我來處理就好。」

現在當我寫下這封信時，心裡開始在想：他是不是把部分的錢中飽私囊了？

可是我不能這麼想。我不能把苦澀壓抑在心中，如果我真有一天能離開這裡——我很期待如此，總不會每個人都棄我而去吧——我應該才剛滿四十一歲，有權利追求幸福快樂。我胖了很多，不能再上臺跳舞了，但我能追求的世界不只如此。

我願意把亞斯呂視為甘冒風險，將自己所有財富全數投入，蓋了一座劇院，並且以《春之祭》打頭陣的勇者。到現在我還想不起來那位俄國劇作家名字，但主角就是那個大白癡尼金斯基，他甚至學我在巴黎的第一場演出，在臺上模仿自慰的場景。

亞斯呂更是曾經邀我搭火車去諾曼第看海的好人，因為前一天我還在叨念自己好久沒有看見大海了。那時我們已經一起工作五年。

我們在沙灘上，幾乎沒有說什麼話，然後我把包包裡的一張剪報拿給他看。

「墮落的瑪塔．哈莉：花樣很多，才華太少」是這篇報導的標題。

「這是今天的報紙，」我說。

當他閱讀時，我站起來走到水邊，撿起一些石頭。

「與你想的相反，其實我已經覺得討厭疲憊了。我已經遠離自己的夢想，也不再是我想像自己會成為的那個人了——到目前為止都不是。」

「什麼意思？」亞斯呂驚訝問我。「我只代表最偉大的藝術家，妳就是其中之一！一個遊手好閒的傢伙寫了一篇簡單評論，就足以令妳這麼心神不寧？」

「不是，但我很久沒有看過關於自己的報導了。我已經從劇院及媒體消失了。人們認為我利用藝術的幌子，實際上不過是在表演脫衣舞罷了。」

亞斯呂起身走到我面前，也撿起幾塊小石頭，將它們扔入大海。

「我不代表妓女——這會結束我的專業生涯。的確，偶爾我得向一兩個客戶解釋，我的辦公室為什麼掛了瑪塔．哈莉的海報。妳知道我怎麼說嗎？妳正在傳述一段蘇美人的神話：告訴大家女神伊南娜（Inanna）如何深入禁域。祂必須通過七扇門；每一扇門都有一位守衛，等著允許她通過，她必須將衣裳一件件褪去。一位放逐到巴黎的偉大英國作家寫了一齣劇本，他已經孤苦潦倒而死，但他的作品終將成為經典。內容講述希律王如何得到施洗約翰的頭顱。」

「莎樂美！劇本在那裡？」我開始振奮了。

「我沒取得版權。當然我也見不到作者王爾德了，除非我到墓園召喚他的幽魂。已經太遲了。」

挫敗與悲哀再度淹沒我，我知道自己很快就要衰老醜陋，一文不值。我已經超越巔峰的三十歲了。我拾起一塊石頭，比亞斯呂更用力，將它拋入大海。

「走得遠遠吧，石頭，把我的過去一起帶走。我的恥辱，我的罪惡以及我的錯誤。」

亞斯呂也扔出他的石頭，對我解釋，我並沒有犯錯，這一切都出自我的選擇。我沒聽他說話，又丟出另一顆石頭。

「這一顆石頭，代表了我從第一次可怕的性經驗後，我的肉體與靈魂所遭受的殘酷虐待。還有現在，我與有錢人同床共枕，都必須帶著眼淚做那些行為。這一切，都為了追求地位、金錢、時尚……它們也都逐漸凋落了。只留下我，被自我創造的噩夢日夜折磨。」

「妳今天一點都不開心嗎？」亞斯呂越來越訝異了。畢竟，我們原本的決定是，在海灘度過一個愉快的下午。

我的憤恨遽增，不斷朝大海投擲石塊，我對自己的行為也很震驚。明天看起來再也不像明天，當下再也不是當下，只是我越挖越深的一個坑罷了。

我身旁還有別人，小朋友在玩耍，海鷗在天上做出奇特的動作，海浪比我想像中更加平靜地翻滾。

「因為我夢想被人接納尊重，雖然我誰也不欠，什麼也不欠。不欠任何東西給任何人。那我需要的是什麼？我已經浪費太多時間在憂慮、悔恨與黑暗——那只會奴役我的黑暗，將我束縛在一塊大岩石旁，使我成為猛禽的獵物，讓我無法脫身。」

我哭不出來。眼前的石頭隨著同伴消失在大海，彷彿準備在水面下，讓瑪格麗特．佐勒重生。但我不想回到那個身分了，那個望著安得列妻子的雙眼，恍然大悟的年輕女子。那個告訴我：我們這輩子都早已計畫好了——出生、上學，進大學尋覓夫婿、結婚——雖然妳是嫁給地球上最糟糕的男人——但只有這樣做，別人才不會閒話說妳找不到對象。最後，妳有了孩子，慢慢變老，整天只能坐在人行道旁的椅子，假裝自己早已熟知人生的一切，卻無法壓抑內心不斷碎念的聲音：「**妳本來還可以嘗試別的事物，有所**

不同的。」

一隻海鷗向我們走來，尖叫一聲，又走開了。牠離我們好近，亞斯呂甚至將手遮住雙眼保護自己。那聲尖叫把我帶回現實；我成為那個名女人，對自己的美貌自信滿滿。

「我想就此打住。我不能繼續這樣的人生了。我的演員與舞者生涯還能延續多久？」

他的答案很老實：

「也許再五年吧。」

「那我們立刻結束吧！」

亞斯呂握住我的手。

「不行！我們還有合約得履行，不然我會被罰款。更重要的是，妳也需要謀生。妳不想回到當年我發現妳的那間骯髒民宿吧？妳要這樣嗎？」

「我們會一起履行合約。你一直對我很好，我不會讓你為我的卑劣或幻夢付出昂貴的代價。別擔心；我自己知道要如何謀生。」

我想也不想，開始告訴他我的人生——之前我只將那段過去深埋在心底，因為它是一段又一段的謊言。我一面訴說，眼淚開始流下臉龐。亞斯呂問我還好嗎，但我只是說個不停，最後，他一言不發，靜靜聽我說話。

最終，我接受了現實，我根本不是自己想像中的那個女人，此時，我只覺得自己沉入漆黑深坑。但突然間，在我面對傷口與裂痕時，我感覺自己似乎更堅定強壯了。我的淚水並非來自雙眼，而是心底更深沉漆黑的角落，它用自己的聲音，告訴我一個自己並不完全明白的故事：我乘著木筏航行，穿越全然黑暗的汪洋，但在遠處地平線上有一盞燈塔，它終究會引導我征服洶湧惡海，而且，現在一切還不遲。

我從來沒有這種經驗。我本以為，提到傷口會顯得它們更真實。但正好完全相反：我的眼淚療癒了我。

我用拳頭敲打礫石灘，讓雙手流出鮮血，但我卻一點也不覺得痛。我得到了醫治。我明白了天主教徒告解的動機，儘管他們心知神父也犯了同樣或甚至更糟糕的罪孽。但傾聽者是誰並不重要；最關鍵的就是讓傷口被陽光與雨水淨化洗滌。我現在就在做這件事，在一個與我毫無親密關係的人面前告解，才能自在抒發內心話。

過了很長的時間後，我停止抽泣，海浪拍打聲讓我心安，亞斯呂輕輕扶起我的手臂。他說回巴黎的最後一班火車就要開了，我們最好動作快一點。在路上，他告訴我藝文界的最新消息，例如誰又跟誰睡在一起，或是某人被哪個機構開除了。

我笑了，要求他再多說一些。他真是個有智慧又有風度的男人；他知道眼淚已經讓我將深藏在心底的一切傾瀉而出，它們隨即深埋在諾曼第的沙堆，就此留存到時間的盡頭。

「**我們現在正處於**法國最偉大的時期。妳是什麼時候來的？」

「萬國博覽會期間，那個時候的巴黎很不一樣，更純樸簡單，不過當時，它已經被視為世界的中心了。」

午後的陽光洩入愛麗舍宮飯店的高級套房。我們周遭盡是法國所能提供最頂級的享受：香檳、苦艾酒、巧克力、乳酪與新鮮切花的香氣。我甚至看得見那座金屬巨塔，它以打造它的建築師為名：艾菲爾。

他也打量那座龐大的鐵鑄結構。

「博覽會結束後，本來是打算把它給拆了。我希望他們加速拆除這頭怪物的計畫。」

我可以表達反對，但他只會提出更多說法，最後還是會贏過我。因此我保持沉默，就讓他口沫橫飛，盛讚法國的黃金時期吧。工業生產增加了兩倍，農業借助能單槍匹馬做十個人工作的機器，如今也進步許多，四處可見人們自營的商店，時尚也完全改變了。這讓我很開心，這下我有藉口購物，一年至少可以更新我的衣櫃兩次了。

「妳有沒有注意到，食物的味道也更好了？」

我注意到了，是的，這就讓我不太高興，因為我已經開始發胖了。

「總統告訴我，大街上的腳踏車從上世紀末的三十七萬五千輛增加到今天的**三百萬輛**！家家戶戶都有自來水與天然氣，民眾假日時還可以到處旅行。咖啡的消費漲了四倍，人們再也不需要在麵包店前大排長龍了。」

他為什麼要挑現在開講？我該打個哈欠，重回那個「笨女人」的角色了。

阿道夫．梅司密[6]——前戰爭部長，現任國民議會代表——從床上起身，準備穿衣，配戴自己所有的勳徽獎章。他等會要與之前的軍隊同袍見面，總不能穿得跟平民一樣。

「雖然我們唾棄英國人，他們有件事倒是做對了：穿那種醜陋的棕色軍裝上戰場得體多了，結果我們呢，覺得一定要光榮優雅戰死，堅持穿紅色長褲，戴紅色貝雷帽，這簡直就是向敵軍大喊：『嘿！把你們的步槍和大砲瞄準過來吧！看不見我們嗎？』」

他自己說完笑話就大笑了，為了取悅他，我也跟著笑了，然後開始穿衣服。很久以前，我就已經不再幻想自己能夠再被人所愛，我也坦蕩接受，自己收到的鮮花、奉承與金錢，只為了餵養自我及我的假身分。我確定入土那天，我依舊不會知道真正的愛情為何，但知道了又有什麼用？對我而言，愛情與權力如出一轍。

然而，我還沒有笨到讓其他人知道這件事。我湊近梅司密，大聲對著他

---

6 編注：阿道夫・梅司密（Adolphe Messimy, 1869-1935）一九一一年至一九一二年期間職司法國陸軍部長。

臉頰啄了一下，他的臉有一半都被山羊鬍覆蓋，就像我那無緣的丈夫。

他將塞了一千法郎的厚實信封放在桌上。

「別誤會我了，小姐，剛才我說的那些國家進步，最終，還是要鼓勵消費。我是一名軍官，賺得多，花得少。所以我也得有點貢獻，刺激消費。」

他又一次自顧自地大笑起來。他真心相信，我喜愛他的軍徽以及他與總統的密切關係，每次我們見面，他都會強調這一點。

如果他發現這一切都是虛假，而且——對我來說——愛情沒有規則，或許他會立刻抽身，甚至懲罰我。他找我，不只是為了性，更享受這種被人需要的感覺，女人的激情能真切地喚起他自認無所不能的優越感。

沒錯，愛與權力就是一體兩面——而且不只我這麼想。

他離開了，我悠閒打扮。我接下來是午夜場，在巴黎市郊。我會到飯店穿上我最好看的洋裝，到納伊找我最忠心耿耿的愛人，他用我的名字買下一棟別墅。我還想跟他要求車子和司機，但他一定會起疑的。

當然，我甚至可以——這麼說好了——對他予取予求。他已經結婚了，是一位聲譽極佳的銀行家，萬一我在公眾場合做出任何與他有染的暗示，媒體絕對會樂翻天。現在他們只對我的「情史名人們」深感興趣，完全忽略我曾經努力建立的事業與表演成就。

在審判期間，我聽說有人等在飯店大廳假裝看報紙，但其實在觀察我的一舉一動。只要我一出門，他便起身，小心翼翼跟蹤我。

我漫步走上全世界最美的林蔭大道，放眼望去，咖啡館多如繁星，穿著光鮮亮麗的人群四處可見。我聽見悠揚的小提琴旋律從最莊嚴典雅的建築物傳出，畢竟，人生就是可以這麼美好。我也不用要脅欺騙他人了，只需要知道如何應付我收到的那些禮物，就可以安詳終老。而且，萬一我暴露任何一位跟我睡過的男人身分，其他人也會逃之夭夭，就擔心被人恐嚇，身分曝光。

我計畫到我的銀行家朋友在他的「黃金歲月」時期，為自己打造的城堡。可憐的傢伙；他已經老了，卻又不願承認。我會在那裡住個兩三天騎馬散步，週日再回到巴黎，直接到Longchamp馬場，展示我優異的馬術，讓眾人又愛又羨。

不過，在夜幕降臨前，先來一杯洋甘菊熱茶吧？我坐在一間小餐館的戶外座位，路人瞪著我，因為我的臉龐與肉體早已出現在巴黎大街小巷許多明信片上。我假裝沉浸在自己的夢幻世界，把自己當作一個有更重要的事情要做的女人。

但在我有機會點餐前，有位男子上前稱讚我的美。我用慣有的淡漠態度應對，皮笑肉不笑地謝謝對方，然後轉頭看往別處。但這位男子不為所動。

「一杯好咖啡能拯救妳一整天。」

我什麼也沒說。他向服務生示意，請他替我點餐。

「一杯洋甘菊茶，謝謝，」我對服務生說。

這個人的法文口音很重，可能是荷蘭或德國來的。

他再度微笑，輕觸帽沿，彷彿在與我道別，但其實他是在向我致意。他問我會不會介意他坐幾分鐘。我說：會，非常介意。我寧願獨處。

「像瑪塔．哈莉這種女士，怎麼可以獨處呢？」他竟然認出我了，這件事實足以觸動任何人的心弦，足以讓人大聲共鳴：這絕對是虛榮心作祟。不過，我還是沒有請他入座。

「或許妳正在尋找自己尚未發現的東西，」他繼續說。「自從被某本雜誌評選為年度最佳穿著人士之後——妳幾乎所向無敵了，對嗎？突然間，人生變得全然無趣了。」

從表面看來，他似乎是我的死忠粉絲；否則怎麼可能讀到女性雜誌的報導？我應該給他機會嗎？畢竟，現在去納伊與我的銀行家共進晚餐還嫌太早了一點。

「所以，妳今天運氣如何？有找到什麼新東西嗎？」他不放棄，繼續追問。

「當然。我在每一個轉角都重新找到了自己。這就是生命最有趣味的事情。」

這一次，他沒有再問了；他只是拉了一張椅子，坐在我的桌邊。服務生送上我的茶時，他也為自己點了一大杯咖啡，做出「帳單給我」的手勢。

「法國正面臨一場危機，」他繼續。「這次很難脫身。」

那天下午，我才聽人提過恰好完全相反的說法。但每個男人對經濟領域都有自己的觀點，這是我最不感興趣的話題。

我決定陪他玩一會兒。我將梅司密之前告訴我的「黃金時期」全搬出來。此人看起來一點也不驚訝。

「這不只是經濟危機；我在乎的是個人危機，價值觀岌岌可危。妳不覺得大家已經越來越習慣美國人在巴黎萬國博覽會時期帶過來的那項發明嗎？可以讓人們進行長途對話。現在這玩意兒在歐洲大街小巷都看得見。

「數百萬年來，人類只有在看到對方時才會開口說話。在短短十年間，

『看見』與『說話』竟然就這麼分道揚鑣了。我們自以為已經習慣了，卻沒有意識到它對人體反射動作產生的巨大影響。我們的肉體根本不習慣這種行為。

「坦白說，當我們在電話上交談時，我們會進入一種類似出神的恍惚狀態；甚至可以發現關於自己身上的其他特點。」

服務生送帳單過來。男人停止談話，直到服務生走遠。

「我知道妳絕對厭倦了這些到處模仿妳的低俗脫衣舞孃，一面還宣稱自己是偉大的瑪塔．哈莉傳人。但人生就是如此：沒有人會學得教訓。希臘哲學家……我讓妳覺得無趣了嗎？小姐？」

我搖搖頭，他繼續說下去。

「不提希臘哲學家了。但他們幾千年前提出的論點，到今天仍然適用。因此沒什麼新鮮的。其實，我想給妳一個提議。」

又一個送上門的傢伙，我心想。

「這裡的人們給妳應得的尊重，或許妳會想換個地方表演，那裡人人視妳為本世紀最偉大的舞蹈家，就是我的故鄉，柏林。」

這個提議很誘人。

「我可以請你聯繫我經紀人——」

這位新朋友打斷我。「我寧願直接與妳打交道。妳的經紀人來自一個我們——法國人與德國人——都不怎麼喜歡的種族。」

這真的很奇怪，人們只因為宗教，而仇恨另一個民族。猶太人就有這種遭遇，但在更早之前，當我還在爪哇時，我聽到軍隊屠殺某個部族，只因這群人崇拜一個無臉神，也堅持他們的聖書由天使降示給一位我不記得名字的先知撰寫而成。曾經有人給過我這本叫做《古蘭經》的書。原本我只是想欣賞裡面的阿拉伯文書法之美，結果我丈夫回家後，把這份禮物拿去燒了。

「我和我的夥伴會付妳一筆優渥的薪水，」男子說出一個令人費解的數字。我問換算成法郎是多少錢，結果被他的回答嚇呆了。我想要馬上答應，但有內涵氣質的女士是不會衝動行事的。

「到了那裡，妳會獲得應有的欣賞與尊重。巴黎對它的子民總是不公不義，特別是那些不再新鮮的事物。」

他沒有意識到他這些話侮辱了我，雖然我剛才散步時，也一直在想同樣的事情，我回憶與亞斯呂到海邊旅遊的那一天，顯然眼前這個約定，他並沒有受邀參加。但我再怎麼做，也嚇不跑這隻獵物。

「我會考慮，」我冷冷回答。

我們向彼此告別，他告訴我他的地址，到明天之前，他都會期待收到我的答覆，接下來他必須回家去了。我離開小餐館，直奔亞斯呂的辦公室。我承認看見牆上那群大名鼎鼎的表演者海報，讓我深感失落悲傷。但我也回不去了。

亞斯呂一如往常熱烈歡迎我，彷彿我依舊是他最看重的藝術家。我將剛才與那名男子的對話複述一次，也告訴他，不管發生什麼事，他還是會拿到他應得的經紀費用。

他只有問一句，「馬上要去嗎？」

我不太懂他這樣回答是什麼意思，甚至覺得他有點粗魯。

「是的，我會立即出發。我還有很多想在舞臺上表演的東西。」

他點頭表示同意，祝我一切快樂幸福，還說他不需要什麼經紀費，甚至建議我該開始存錢，不要花太多錢買衣服。

我答應他，然後就離開了。我想他還在因為他劇院首場演出的失敗而頹喪失落，他可能快要破產了。那當然，把《春之祭》這種東西搬上舞臺，加上讓尼金斯基這種剽竊惡賊當主角，就像是召喚劇烈側風，讓某人的船一夕粉碎。

第二天，我聯繫了那位外國人，告訴他我接受提議，當然，我還是先提出一系列荒唐的要求，令我吃驚的是，他只是說我很奢華浪費，卻立刻同意一切，因為他說，真正的藝術工作者都是這樣的。

在下雨的那一天，從城市的一處火車站出發的**瑪塔．哈莉**呢？她不知道自己的下一步是什麼，或目的地在哪裡，只相信自己要去的國家，語言與她的母語很類似，所以，她永遠不會迷途。

當年我幾歲？二十歲？二十一歲？應該沒有超過二十二歲，因為我手上的護照清楚載明我在一八七六年八月七日出生。當火車載著我一路前往柏林時，報紙上顯示當天是一九一四年七月十一日。我不想算數學了，我只對兩星期前發生的事件更感興趣。發生在塞拉耶佛的殘忍襲擊，讓斐迪南大公與他高雅的妻子雙雙喪命，她唯一的過錯，就是在那位瘋狂的反政府分子朝大公開槍時，恰巧坐在他身邊。

無論如何，我感覺自己與車子裡的女人面對的情境截然不同。我是一隻珍奇禽鳥，踩踏於這片被人類枯燥性靈肆虐的大地。我是鴨群中拒絕長大的天鵝，因為我對未知充滿恐懼。我望著附近的男男女女，感覺徹底脆弱孤獨，沒有人可以牽住我的手。的確，我拒絕了很多邀約；這些我早就親身經歷過了——為某個不值得的傢伙受盡苦痛折磨，出賣肉體只為了尋找回到家的安全感——這輩子我不想再重複這種人生了。

坐在我身邊的弗蘭茲望著窗外，似乎焦慮擔憂。我問他是怎麼回事，但他沒有回答；如今我已經聽命於他，他沒有義務回答我的任何問題了。我只需要不斷舞蹈再舞蹈，雖然我不如過去那般輕盈靈活，但只需稍加練習，加上我對馬術的熱情，絕對可以在首映前準備就緒。我不再對法國感興趣了；它吸取了我最極致的精華，利用完之後，又把我丟到一旁，轉而對俄羅斯藝術家，或出生在葡萄牙、挪威、西班牙等地，重複我當年使倆的女性招手。對法國人展示來自妳祖國，充滿異國情調的事物，愛嘗鮮的他們一開始總是趨之若鶩。

雖然熱度短暫，不過他們真的深信不疑。

火車隆隆進入德國，我看見士兵朝西部邊境挺進。那裡有數不清的軍營、巨型機關槍以及馬兒拉的大砲。

我設法讓他開口說話：「怎麼回事？」

但我得到的答案神祕兮兮：

「無論發生什麼事，我只想讓妳知道，我們很仰賴妳的幫忙。此時此刻，藝術家的出現非常重要。」

他應該不是在談論這場戰爭，因為媒體至今尚未出現關於戰爭的隻字片語——法國報紙更在意的是最新沙龍八卦或抱怨某位剛丟了政府獎章的廚師。雖然兩國互相討厭對方，但這也是正常的。

一旦某國成為全球最重要的國家，它總是得付出代價。英國人的太陽永遠不能落下，但只要問任何人想到倫敦或巴黎旅行。我確定答案絕對是有塞納河蜿蜒其中的巴黎，它擁有教堂、精品店、劇院、畫家、音樂家，以及——對於那些更大膽嘗試的人們而言——世界著名的歌舞廳，如紅磨坊與麗都之類的場所。

再想想吧，哪個比較重要：一座擁有沉悶時鐘的高塔，一個從來不出現在公開場合的國王；或是世界上最龐大的直立鋼構，如今，全歐都知道它以它的建築師為名：艾菲爾。加上壯觀聳然的凱旋門或供人盡情揮灑鈔票的香榭麗舍大道。英國人恨透無所不能的法國，但它也沒有必要為此讓軍艦蓄勢待發。

然而，隨著火車橫越德國領土，我看見更多軍隊朝西前進。我又追問一次，但得到類似的神祕答案。

「我願意幫忙，」我說。「但如果我什麼都不知道，該如何幫起？」

他首度將眼神從窗外挪開，轉向了我。

「我不知道。有人出錢要我帶妳去柏林，請妳為我們的貴族表演，接著會有一天——我還沒有確切日期——妳會被帶去外交部。妳的崇拜者出錢聘請妳來德國，妳也是我所見過最昂貴的藝術家。應該是這樣的。」

在我讓自己生命的**這一章結束之前**，我又愛又恨的克魯內律師，我想先稍微談談我自己，因為這就是我開始寫這些信的緣故，它們會成為紀錄，否則，我的記憶在許多細節都已經背叛我了。

你真心認為——而且是發自內心的——如果他們要找人當雙面諜，效忠德國、法國，或甚至俄羅斯，會選擇一個經常得暴露在公眾眼光下的人嗎？你不覺得這樣很荒謬嗎？

當我搭那班火車到柏林時，我還以為自己已經完全拋下過去。隨著每一公里的前進，我已經遠離自己曾經經歷過的一切，甚至是我體驗過的美好時刻，例如舞臺上下的燦爛時光，巴黎優雅的大街小巷，處處都是新奇驚喜。但我現在卻已經清楚，我無法逃離自己。一九一四年時，我沒有回到荷蘭，其實，我可以輕而易舉換個新名字，找到一個人收拾撫慰我僅剩的靈魂，我甚至可以到一個不認識我的地方，一切從頭開始。

但這表示，我的餘生，就要一分為二：身為一個女人，我擁有無窮的可能性，卻什麼也沒有成就，無法轉述自己的精彩故事給子子孫孫。我現在是個囚犯，但靈魂卻是自由的。人人正在努力戰鬥，就看到最後誰浴血殺出重圍，適者生存，我不用再加入這場戰爭了，只需要等待我素未謀面的人們決定我的未來。萬一他們認定我有罪，總有一天會真相大白，一層羞愧面紗將覆蓋在他們、他們的後代以及他們國家的頭上，永遠無法翻身。

我真誠相信，總統是個公正不阿、重視榮譽的好人。

我相信那些當我坐擁一切時，我所認識的朋友們，就算如今我一無所有，依舊會陪伴在我身旁。天剛亮起，我能聽見鳥兒啼叫，樓下廚房也傳來聲響。其他囚犯都還在睡，有些人驚懼害怕，有些人則聽天由命。我一直睡到第一縷陽光出現，那道光芒儘管沒有透入我的牢房，卻讓我瞥見銀白色天空的一抹力量，為我祈求正義的希望帶來曙光。

我不知道生命為何在這麼短的時間內讓我經歷了這麼多。
為了看我是否足以承受艱難。
為了看我的本事。
為了給我寶貴經驗。
但總有其他方法來實現這個目標。它不需要讓我沒頂於自身靈魂的黑暗，或逼我在無人帶領的情況下，行經到處都是野狼或野生動物的森林。
我唯一確定的是，這片森林無論多麼可怕，終究有個盡頭，我決心要努力走到那裡。屆時，我要慷慨享受自己的勝利，不會指責那些編造我的壞話的人們。
你知道在我聽見走廊上的腳步聲，早餐送來之前，我要做什麼嗎？我要跳舞。我謹記每一個音符，隨著韻律移動我的身體，徹底展示我自己——我就是一個自由的女人！
因為那就是我一直在尋覓的事物：自由。我不追求愛，愛情來來去去。

因為愛，我做過自己不該做的事情，到過人們躺著等我的地方。

我不願匆忙講完我自己的故事；然而，生命移動的步調很快，在我抵達柏林的那天清晨後，我就很難跟上它了。

劇院早已經被人海包圍。節目達到熱烈巔峰時，被人打斷了，這是我最棒的演出，雖然我實在沒怎麼練習。德國士兵走上舞臺，宣布所有音樂廳的表演即刻取消，直至另行通知。

其中一位大聲朗讀聲明：

「下列是皇帝對我們說的話：『我們正處於國家存亡的黑暗時期，宿敵林立，我們需要拔劍出鞘，希望各位可以帶著尊嚴善用它。』」

這些話我什麼也不懂。我走到更衣間，在自己僅著薄衫的身體披上長袍，此時，弗蘭茲氣喘吁吁跑進來。

「妳得趕緊離開，否則就會被逮捕。」

「離開？去哪裡？而且，明天早上我不是跟德國外交部的人有約嗎？」

「全部取消了，」他回答，毫不掩飾自己的擔憂。「妳很幸運，是中立國的公民——所以妳應該立刻回國。」

我這輩子什麼都設想到了，但從未計畫回到祖國，為了脫離它，我曾經受盡艱難。

弗蘭茲從口袋掏出一疊德國馬克，將它們放在我手中。

「不要管我們跟大都會劇院簽署的半年合約了。我從劇院保險箱就拿了這麼多錢出來。妳馬上離開。如果我還活著，會替妳寄回妳的服裝。我跟妳不一樣，軍方已經在找我了。」

我越來越不懂了。

「這世界瘋了，」他來回踱步。

「死了一位親人，無論關係如何緊密，也不是讓其他人送死的好藉口。但這年頭，統治世界的是那些將軍，他們想繼續完成四十年前，我們沒有完成的工作，那一次，法國人屈辱戰敗。他們還活在當年，想要回頭報復，不願意讓法國越來越強大，總而言之，就是先下手為強，免得後患無窮。」

「你是說接下來就要打仗了？所以上週才看到那麼多軍人嗎？」

「沒錯。這盤棋已經越來越複雜，因為我們的統治者都受到聯盟成員左右。我也懶得解釋了。不過此時此刻，我國軍隊已經進入比利時，盧森堡早就投降了，接下來，七個全副武裝、裝備精良的師團就要進入法國工業地帶。法國人盡情享受生活的同時，我們正在找藉口打仗。法國人忙著蓋艾菲爾鐵塔，我國則把錢投注在槍械大砲。我不相信這會持續太久，等到雙方死傷慘重後，和平終究會勝出。但在那之前，妳必須回到故鄉避難，等待一切風平浪靜。」

弗蘭茲的話讓我很訝異；他似乎真心擔憂我的安危。我靠過去摸他的臉。

「別擔心，沒事的。」

「不會沒事的，」他回答，撥開我的手。「我最想要的，永遠得不到了。」

他執起剛才被他猛烈掃開的那隻手。

「我年紀很輕的時候，父母逼我學鋼琴。我一直很討厭它，我離家後，很快就把它全給忘了，只除了一件事：世上最優美的旋律，如果走了調，也不過是怪物一頭。

「後來，我到了維也納，那時我正在服役，有兩天休假，我看見了一張海報，海報上有個女孩，雖然我從未見過她本人，她卻立刻觸發了男人不該有的感受：一見鍾情。我走進擁擠的劇院，買了一張票價超過我一週薪俸的門票，卻看見了那個讓我發現自己人生完全走調的女孩——我與父母的關係，軍隊、國家、世界局勢——光看著這女孩在臺上的舞蹈，就足以讓一切和諧動人。這與現場的異國音樂、臺上臺下流動的情慾沒有關係，那女孩才是關鍵。」

我知道他在說誰，但不想打斷。

「那女孩就是妳。我早該告訴妳這一切，我以為還有時間。今天我成了一位成功的劇院經理，也許正因為受到我在維也納那晚所見的影響。但明天，我就要向負責我單位的少校報到。我幾次去巴黎都是為了看妳的演出，但無論妳怎麼賣力，瑪塔．哈莉面對的盡是一群不配被稱為『舞者』或『藝術工作者』的人群。於是，我下定決心帶妳到一個懂得欣賞妳表演的地方；這全是因為愛，而且只為了愛，不求回報的愛，但這重要嗎？最重要還是能接近你心愛的人；這才是我的目標。

「就在我終於鼓起勇氣，想在巴黎接近妳的前一天，一位大使館的官員與我聯繫。他告訴我，根據我國情報顯示，妳是未來作戰部長的女伴。」

「但那早就結束了。」

「根據我們的情報單位表示，他就要重新擔任之前的職務。我與那位大使館官員見過好幾次——常常一起喝酒，享受巴黎的夜生活。其中一晚，我喝得太多，結果談了妳的事情，講了好幾小時。他知道我戀愛了，便請我帶妳來這裡，因為我們不久就會需要妳的服務。」

「我的服務？」

「要請妳滲透進入政府內部的小圈子。」

他想說卻沒有勇氣說出口的字眼，就是「間諜」，我這輩子絕對不會扮演的角色。我確信你還記得，可敬的克魯內先生，我在那場鬧劇般的審判時，便曾經義正嚴詞表示：「我或許是妓女，但永遠不可能是間諜！」

「所以妳必須盡速離開劇院，直接回到荷蘭。我給妳的錢已經夠多，現在再不出發，可能就沒機會了，更可怕的是，若是有機會，這也表示我們已經設法找到人，滲透巴黎了。」

我非常害怕，但還沒有恐懼到不敢親吻他，或感激他對我做的一切。

我原本準備說謊，告訴他我會等著他，直到戰爭結束，但誠實總有本事讓謊言融化。

鋼琴永遠不會走調。真正的原罪有別於我們的理解；真正的原罪遠遠背離絕對和諧，比我們每天提出的真理或謊言更強大有力。我轉向他，客氣地請他離開，因為我需要著裝了。我說：

「原罪並非神創造；當人們企圖將必然扭轉為主觀事物時，原罪便因此誕生了。我們沒有看見大局，只著重其中的一小部分；而那部分又充滿罪惡與規則，良善與邪惡不斷交戰，彼此都認為自己是最正確的。」

我對自己說出口的話感到驚訝。或許恐懼對我的影響遠超過我的想像。但我覺得自己的理智彷彿在遙遠的他鄉。

「我有個朋友在妳的祖國當德國領事。他可以幫助妳重建人生。但請務必小心：他跟我一樣，也很有可能試圖說服妳替我們的戰爭效力。」

他又一次避開了「間諜」二字。我已經是個成熟世故的女人，知道自己該避開這些陷阱。我之前牽扯過那麼多男人，已經熟練此道，不是嗎？

他領我走到大門，帶我到火車站。行經皇帝宮殿前時，遇上大型遊行活動，男女老少無不緊握拳頭，大聲高喊：

「德國至上！」

弗蘭茲加速行駛。

「如果有人攔我們下來，妳不要說話，我會處理。但如果他們問妳，只要說『是』或『不是』，裝作不耐煩的模樣，也不要說出敵方的語言。到了車站後，無論如何，都不要露出害怕的表情；只要做妳自己就好。」

但我究竟是誰？如果我連自己是誰都不知道，我怎麼可能表現出真實的自我？轟動歐陸的舞者？在荷屬東印度羞辱自己的家庭主婦？達官顯要的情人？在不久前，才被媒體欣賞崇拜，卻立刻又被鄙稱為「俗氣藝人」的女子？

我們到達車站。弗蘭茲禮貌親吻我的手，要我搭下一班火車離開。這是我第一次沒帶行李旅行；就算當年我初抵巴黎時，也帶了一些自己的東西。

儘管很矛盾，但這卻讓我感覺無比自由。我很快就會拿到衣服，但與此同時，我又接受了人生丟給我的角色：一個一無所有的女人，遠離城堡的公主，但聊表安慰的是，她不久就會回來了。買好前往阿姆斯特丹的火車票後，我發現離火車出發還有好幾個小時。儘管我努力低調，但我卻注意到每一個人都在看我，而且眼神大不同——那不是羨慕或嫉妒，而是好奇。月臺熱鬧喧囂，不像我沒有行李，幾乎大家都把整個家當帶著了，行李箱、捆好的帆布袋等等。我無意中聽到一位母親告訴女兒，不久之前弗蘭茲才交待我的事情：「如果衛兵出現，就說德文。」

這些人並不完全是想回到鄉下，更有可能都是「間諜」，想返回祖國的難民。

我決定不和任何人說話，也避免任何眼神接觸，但即使如此，還是有個老頭走近，問道：「要不要一起跳舞？」

他發現我的身分了？

「我們在那裡，就在月臺最盡頭，過來吧！」

我漫無目的地跟著他，知道自己如果混在陌生人間，會更有保護效果。不久我便發現自己被一群吉普賽人圍繞，我本能將錢包抓緊。他們的眼神有著恐懼，但似乎不打算屈服，彷彿早已習慣改變神情。眾人拍起手來，圍成一個圈圈，三個女人在圈子中間跳舞。

「妳也想要跳舞嗎？」帶我過去的男人問。

我說自己這輩子從來沒跳過舞。但他很堅持，我解釋雖然自己想嘗試，但我這身裙裝也不允許我自在扭動。他對我的答案滿意了，開始鼓掌，也請我照著做。

「我們是巴爾幹地區的羅姆人，」他對我說。「我聽說戰爭就是從那裡開始。我們必須儘快離開這裡。」

我正準備解釋，不，戰爭不是源起巴爾幹半島，它不過是累積之前夙怨的火藥庫罷了。但我最好按照弗蘭茲的建議，閉上我的嘴。

「……但戰爭會走到盡頭，」一位黑髮黑眼珠的女子說道，她身上的簡陋衣裳掩飾不了她的美麗。「所有戰爭都會走到盡頭。許多人將占盡死者的便宜，同時，我們將繼續旅行到遠方，儘管衝突總是堅持如影隨形，跟著我們。」

附近有群孩子正在玩耍，似乎把旅行當作一場冒險，其他一切都無關緊要了。對他們而言，惡龍總會掀起戰亂，身穿鋼鐵盔甲，手持長矛的騎士則互相爭鬥。在那個世界，如果男孩們不彼此挑釁打仗，絕對窮極無聊。

剛才跟我們說話的吉普賽女子轉向他們，要他們安靜，因為他們不該那麼惹人側目，但孩子們不聽她的。

一位似乎認識每一位路人的乞丐，開口唱歌：

> 籠中鳥兒會歌頌自由，但牠仍將在囚牢中生活。
> 西婭同意住在籠內，卻又想逃脫，但沒人伸出援手，因為沒人瞭解。

我不知道誰是西婭；我只知道自己應該盡快到領事館，向卡爾・克雷默自我介紹，他是我在海牙唯一認識的人。我在三流旅館住了一晚，害怕有人會認出我，把我踢出去。海牙似乎塞滿了另一個星球的人類。顯然戰爭訊息尚未傳到這個城市，邊境全是成千上萬的難民、逃兵、害怕報復的法國公民與逃離前線的比利時人，大家似乎都在等待不可能的結果出現。

這是我首度很慶幸自己出生在呂瓦登，並持有荷蘭護照。我的荷蘭護照一直是我的救命恩人。當我等著被搜身時——還好我沒有帶什麼行李——有個我甚至沒好好看一眼的男人丟給我一個信封。它似乎是要交給某個人的，但海關官員看見了，他將信打開，然後把它收好，將它遞給我，什麼話也沒說。接著，他馬上叫來德國海關人員，指向那個已經消失在黑暗中的男人：

「逃兵。」

德國軍官追著那傢伙；戰爭幾乎還沒開始，人們已經開始逃了？我看見他舉起步槍，指向奔跑中的身影，當他開槍時，我轉頭看向他處。我終其一生，都會衷心期望這個人幸運逃過子彈。

這封信是寫給一個女人，我想也許他希望我到海牙時，能替他將它放進郵筒。

我一定會離開這裡，無論會付出多少代價——就算是犧牲性命，也在所不惜——因為我可能會在半路，被對方視為逃兵，當場射殺身亡。看來，這場戰爭就要開始了；第一批法國部隊出現在彼端後，少校立即下令，一連串的槍聲殲滅了他們。這一切理應迅速告終，但即便如此，我手上已經沾滿鮮血，我再也無法這麼對人下手；我不能跟著軍隊行軍到巴黎，同袍全都興奮難耐。我無法慶祝等待著我們的勝利，因為這一切都太瘋狂了。我愈多加思考，便愈不明白究竟發生了什麼事。其他人也沒有多說，因為我相信沒有一個人知道答案。

儘管聽來不可思議，不過我們仍然可以寫信，但我也聽說，每一封信寄出去之前，都會受到審查。這封信不是要告訴妳我有多麼愛妳——妳早已經清楚了。我也不想討論我們的士兵有多麼英勇，因為全德國都知道這個事實。這封信是我的遺願與遺囑。現在的我，就坐在六個月前，我開口向妳求婚的同一棵樹下。妳答應了。我們馬上安排計畫；妳父母為妳準備嫁妝，我尋找有額外房間的屋子，讓我們能生下我們期待已久的兒子。挖了三天戰壕後，我還在這個地方，從頭到腳全是泥巴，沾了五六個我從未見過的男人的鮮血，這些人並沒有傷害我，他們說，這是一場「正義之戰」，為的是要保護我們的尊嚴，彷彿戰場理應如此。

我看見許多第一槍的傷亡者，聞到濃烈的鮮血氣味，愈深信人類尊嚴無法與此共存。我只能寫到這裡了，因為有人叫我。但等到太陽落下，我就準備離開了——我要到荷蘭去，或者，迎接我的死期。

隨著每一天過去，我已經越來越無法描述自己在這裡的所見所聞。因此，我寧可今晚離開這裡，找到一個好人，為我寄出這封信。

附上我全部的愛

約耳

一到了阿姆斯特丹，眾神便眷顧我，讓我看見我在巴黎的美髮師之一。他身穿軍服站在月臺，他非常擅長用指甲花為女士染髮，讓她們看起來渾然天成，美麗絕倫。

「范．史坦！」

他朝我的叫聲看過來，臉上滿是困惑，然後他馬上轉身離開。

「莫里斯，是我，瑪塔．哈莉！」

但他加快腳步。我很憤怒。我付了數千法郎給這傢伙，結果他避而不見？我開始走向他，他的步伐加快。我也沒停下來，他竟然開始快跑，直到一位紳士目睹情況，抓住他的手臂，說道，「那位女士在叫你！」

他接受自己的命運，停下來等我走過去。他以低沉嗓音要求我不要再提他的名字。

「你在這裡做什麼？」

他告訴我，在戰爭初期時，他決定入伍保衛祖國比利時，滿懷愛國情操。但是，聽見第一門大砲發射的巨響後，他立刻跑到荷蘭尋求庇護。我滿臉蔑視。

「我需要你替我做頭髮。」

事實上，我迫切需要恢復一些自尊，等待我的行李抵達。弗蘭茲給我的錢，足夠讓我繼續生活一兩個月，到時我會再想辦法回巴黎。我問他自己可以在哪裡借住一陣子——畢竟我至少發現一個老朋友了，他伸出援手，讓我有地方棲身，等待世局穩定。

一年後，我已經在海牙落腳，這要感謝我在巴黎認識的銀行家。他在我們遇到的地方租了房子，但他後來開始不付房租，也沒有解釋為什麼，或許是因為我的品味吧，他曾經告訴我，說我「昂貴又奢侈」。我告訴他，「奢侈是一個比我大十歲的男人，想在女人的雙腿間，尋回自己失落的青春。」

他認為我這是在侮辱他——這當然是我的本意——因此他要我立刻搬出房子。我從小就覺得海牙是個沉悶的城市；如今加上配給制度，又因為鄰國戰火肆虐，這裡幾乎沒有任何夜生活——它成了一個老舊的城鎮，四處窩藏間諜，也是傷患與逃兵用來借酒消愁的大型酒館，這些人鎮日爭執不休，打鬥通常以死亡告終。我設法安排了一連串古埃及的舞蹈——反正也沒有人知道古代埃及人怎麼跳舞，藝評家無法質疑我演出的真實性。但劇院門可羅雀，沒有人想接下我的演出。

巴黎似乎是個遙遠的夢想。但它才是我人生真正的方向，在這個城市中，我才能感受到真實的自己。在那裡，我能展現本我，瞭解何為社會規範，何為原罪。巴黎的氣息與任何一個城市都不一樣，人們優雅高尚，對話比起在海牙的美髮沙龍有趣多了。海牙人幾乎不交談，就怕隔牆有耳，被人舉報自己破壞了國家的中立形象。我找了莫里斯·范·史坦一陣子，問了幾個搬到阿姆斯特丹的老同學知不知道他的去向，但他似乎帶著自己的指甲花技巧與可笑虛假的法國口音，就這麼從地球消失了。

我現在唯一的出路，就是找德國人讓我重返巴黎。因此我決定與弗蘭茲的朋友見面。我先送信給他，解釋我的身分，請他幫我實現夢想，讓我重回自己過了大半輩子的城市。在那段漫長黑暗的時期，我瘦了不少；我那些衣服看來是到不了荷蘭了，就算我收到了，在這裡也不再受歡迎。雜誌上的時尚早已改變，因此我的「恩人」替我買了各式各樣的新款式。雖然品質比不上巴黎，但至少不會一拉就破。

一**走進辦公室**，我便看見各種荷蘭人無法得到的奢華享受：進口的香菸、雪茄、從歐陸各地送來的名酒、市面上必須配給的乳酪熟食。坐在紅木大桌後方的男人穿著考究，比我見過的其他德國人都更客氣有禮。我們先寒暄了一下，他問我為什麼隔了這麼久才來找他。

「我不知道你在等我。弗蘭茲……」

「他一年前就告訴我，妳會來見我。」

他站起來問我想喝什麼。我選了茴香甜酒，領事也替自己在波希米亞水晶杯倒了酒。

「不幸的是，弗蘭茲已經不在了；他在法國人一場懦弱的攻擊中喪命。」

從我知道的有限資訊，這場德國人在一九一四年八月發動的閃電屠殺發生在比利時邊境。我本以為自己能迅速回到巴黎，但如今從我讀到的信上顯示，這一切只能是遙遠的夢想。

「我們精心周密安排了一切！妳覺得我說話的內容很無聊嗎？」我請他繼續。是的，我覺得很沉悶，但我想盡快抵達巴黎，我也知道自己需要他的幫助。自從抵達海牙後，我得努力學會的，就是耐心等待的藝術。

領事看出我的無奈，設法盡快交代事情經過。他們派了七個師朝西挺進，迅速抵達法國領土，離巴黎只剩五十公里。將軍們卻不知道總司令組織了這次攻擊，結果人員撤退到比利時邊境。長達一年的時間，雙方士兵死傷慘重，但沒有一方甘願投降。

「這場戰爭結束時，我確信就算是法國最小的村莊，也會豎起殉國士兵紀念碑。他們只是送出更多的人，被我們的大砲劈成兩半。」

「劈成兩半」這幾個字令我震驚，他察覺了我的厭惡與不屑。

「就說這場噩夢最好盡快結束。儘管英國人站在他們那一邊，而且我們笨手笨腳的盟國奧地利——也忙著制止俄羅斯進犯，但我們最終還是會贏得勝利的。不過，我們也會需要妳的幫忙。」

我的幫忙？這場戰爭早已喪失數以千計的無辜生命，這是我從少數幾次在海牙參加的晚宴聽來的。這個人到底在想什麼？

突然間，我想起弗蘭茲的警告，他的聲音在我腦海迴盪：「不要接受克雷默提出的任何要求。」

然而我的人生已經到了谷底，我現在走投無路，沒錢投宿，債務也堆積如山。我知道他準備提出要求，不過我也確信自己能找出擺脫困境的一條路。畢竟我這輩子，同樣的事情已經遇過太多次了。

我請他直接說清楚講明白。卡爾克．克雷默的身體僵硬，語氣突然改變了。我再也不是他需要以禮對待的貴客；他開始把我當成下屬。

「從妳的信上看來，我知道妳希望回巴黎。我可以把妳弄到那裡，再給妳兩萬法郎的津貼。」

「這樣不夠，」我回答。

「只要妳工作表現突出，試用期結束後，這筆錢會有所調整。這妳不用擔心；就這方面，我們知道金錢很能派上用場。相對的，我也需要妳從往來頻繁的社交圈內。提供各種完整資訊。」

「往來頻繁」，我心想。過了一年半之後，我根本不知道巴黎社交圈會把我當成什麼，而且大家知道我的現況，就是出發到德國表演去了。

克雷默從抽屜拿出三個小瓶子交給我。

「這是隱形墨水。每次妳收到線報，就用它書寫，然後把信送給霍夫曼少校，他負責妳的通報。絕對不要簽妳的本名。」

他拿出一份清單，上下梭巡，然後在某處做了記號。

「妳的代號是H21。記住：永遠要簽H21。」

我不確定自己該感覺可笑、危險或是愚蠢。他們至少可以選更好的名字，而不是什麼類似火車座位的縮寫。

他從另一個抽屜拿出兩萬法郎現金，將它們遞給我。

「外面房間的幾個部下會告訴妳細節，例如護照與通行證等等。妳也應該知道，戰爭期間不可能跨越邊界。因此，唯一的選擇就是先到倫敦，接下來，妳就可以抵達那個城市，很快我們就會挺進那自以為了不起的凱旋門了。」

離開克雷默辦公室時，我已經取得我需要的一切：錢、兩本護照以及通行證。當我跨過第一座橋時，便已經倒空了隱形墨水——這根本就是小朋友的玩意兒，沒想到大人也這麼認真對待這種工具。接下來，我到了法國領事館，請負責職員與反間諜主管聯絡。此人難以置信地問我。

「妳想做什麼？」

我說這是私事，我不會跟下屬討論。我一定看起來很嚴肅，因為我很快就跟此人的長官通到電話，對方沒有透露名字。我告訴他，我剛被德國情報單位徵召，我提到所有細節，並要求到巴黎後，與他儘快見面。他問了我的名字，還說他是我的觀眾，也表示我一旦抵達花都後，會儘快與我聯繫。我向他解釋，說自己還不知道會住在哪一家飯店。

「不要擔心，我們的工作就是解決這些問題。」

我的人生再度變得有趣，雖然直到後來，我才會發現是它是多有意思。令我吃驚的是，當我回到飯店時，我收到一封信，要我與皇家劇院的一位總監聯絡。他們接受了我的演出建議，並要我公開演出古埃及舞蹈，只要不赤身裸體就好。這真是太巧了，但我不確定幫我大忙的究竟是德國人或法國人。

我決定接受邀約。我將埃及舞蹈表演分為童貞、激情、貞潔與忠誠。當地報紙大肆讚美，但經過八場演出後，我再度覺得沉悶無味，並幻想自己光榮返回巴黎的那一天。

在阿姆斯特丹車站，我得等八小時才能搭到往英國的火車，我決定四處走走。結果我又遇上那位吟唱《奇特西婭之歌》的乞丐。我原本準備繼續步伐，但他不唱了。

「為什麼有人跟蹤妳？」

「因為我年輕有魅力又出名，」我回答。

但他告訴我，跟著我的不是那種人，而且那兩個男人在乞丐一注意他們後，就神祕消失了。我不記得自己上次跟乞丐說話是什麼時候了；對上流社會的女士而言，這種行為是不允許的，雖然嫉妒我的人們可能還是把我當作藝術工作者，要不就是妓女。

「這裡離天堂似乎相去甚遠，但其實，妳置身天堂。這裡或許無趣，但哪個天堂不是這樣呢？我知道妳可能熱愛冒險，也希望妳能包涵我的魯莽無禮，但人們通常對於自己早已擁有的一切不知感恩。」

我感謝他的忠告，繼續走我的路。這裡算什麼天堂？根本無聊透頂，不是嗎？我並不是在尋找快樂，而是法國人口中所謂的「真實人生」，它有無法言喻的美麗，也有深沉難解的憂鬱，它會面對忠誠與背叛，也能帶來恐懼與和諧。當乞丐告訴我被人跟蹤時，我想像自己扮演著比過去更重要的角色：我是一個可以改變世界命運的人，我能幫助法國贏得勝利，同時假裝自己是德國人的間諜。有人認為神是數學家，但祂不是。如果可以選擇的話，神應該是棋手，能預測對手的下一步行動，懂得精心思考擊敗對方的策略。

那就是我，瑪塔．哈莉，對我而言，光明與黑暗大同小異。我捱過了充滿暴力的婚姻，忍受自己失去女兒的監護權——我從第三方聽說，她將我的照片貼在午餐便當盒上——我從未埋怨，也不劃地自限。當我跟亞斯呂站在諾曼第海岸，朝大海丟擲石頭時，我意識到，自己一直是個戰士，毫無怨懟面對人生的每一場戰役；因為這些都是生命的一部分。

八小時的等車時間過得很快，不久後，我就搭上前往布萊頓的火車。到了英國，我應該會遇到快速的訊問；顯然，我已經引人側目，也許因為我獨自旅行，也許因為我的身分，或者最有可能的是，法國特務已看見我進入德國領事館，提前警告盟國。沒有人知道我打了電話，也不瞭解我熱愛自己即將前往的國家。

接下來的兩年間，我持續四處旅行：前往自己從來沒有去過的國家，回德國看看是否能拿回我的東西，同時被英國官員嚴厲審問，雖然大家都知道我在替法國工作。我認識了許多很有意思的男人，也在最有名的餐廳吃晚餐，最後，在眾人仰慕的眼神間，我與自己此生唯一的真愛四目交接，這位俄國人的雙眼已經被這場戰爭廣泛使用的芥子毒氣弄瞎，但為了他，我甘願做任何事。

我冒了一切風險，為了他到維特爾。我的人生有了嶄新的意義。每天晚上睡覺前，我都會背誦一段《雅歌》。

在夜間，我躺臥床上，尋覓我靈魂所愛；
四處尋找，卻不得見。
我便起身，城中遊蕩，在大街廣場，尋覓我靈魂所愛；
四處尋找，卻不得見。

巡城者發現了我；
我問他們：有看見我靈魂所愛嗎？
我站到一旁，立刻發現我靈魂所愛；
我緊擁住他，再也不讓他離開。

當他因劇痛扭動掙扎，我會徹夜照護他的雙眼，與他身體的灼傷。

當我看見他坐在證人席，斬釘截鐵表明自己絕對不會愛上一個比他大二十歲的女人時，一把最鋒利的劍刺穿了我的心；他唯一的興趣，就是有人能照顧他的傷口罷了。

根據你的說法，克魯內先生，就是為了要取得前往維特爾的通行程，才讓那可惡的拉朵起疑。

到這裡，克魯內先生，對於這個故事，我沒有什麼要補充的了。你也知道真相，以及發生的經過了。

有鑑於我被迫承受的不公折磨與屈辱，加上我在第三戰爭法庭的法官面前遭受的公開誹謗與兩造謊言——德法兩國對彼此大開殺戒，也不願放過在這個封閉世界中，唯一擁有自由開放心胸的女人——為此，克魯內先生，如果總統最後拒絕我的特赦請求，我懇求你，拜託你保存這封信，等到我女兒年紀夠大，能理解事件始末後，將信送到我女兒諾恩手上。

我曾經跟著當年的經紀人亞斯呂先生造訪諾曼第沙灘。回到巴黎後，我只見過他一次，他說法國正經歷一波反猶太主義浪潮，他不能被人看見跟我在一起。他告訴我一位作家王爾德的作品。找到這個人寫過的劇本《莎樂美》並不難，但沒人敢投入一分錢，幫我製作我的演出。雖然身無分文，但我仍然認識幾位有影響力的人士。

我為什麼提起這件事？我怎麼會對這位在巴黎潦倒度日，最終默默凋零，也沒有人參加他葬禮的英國作家這麼感興趣？其實，他唯一的過錯，不過是愛上一個男人罷了。這也會是我的罪愆嗎？只因為我追求無法饜足的快感欲望，上過許多名人的床？沒人控訴我，因為他們都怕必須上法庭作證。

回到這位英國作家吧，他在祖國臭名遠播，在這裡也乏人問津。在我幾次旅行中，讀了許多他的劇作，發現他也寫了幾篇給孩子們看的故事。

有一位學生邀心愛的人跳舞，但她拒絕了，表示除非他帶給她一朵紅玫瑰，她才肯答應。但學生住的地方，卻剛好只有黃玫瑰或白玫瑰。

夜鶯聽到這段對話，看到了他的悲傷，決心幫助這個可憐的男孩。一開始，牠想為他獻唱一首美麗的歌曲，但牠馬上就打消念頭，覺得這樣反而更糟糕——除了孤獨，男孩一定會憂鬱難過。

一隻路過的蝴蝶問發生了什麼事。

「他為愛傷神。他需要找到一朵紅玫瑰。」

「為愛情傷神簡直太可笑了，」蝴蝶說。

但夜鶯決心要幫他。在一座大花園中，有個盛開的玫瑰花叢。

「請給我一朵紅玫瑰，」

但玫瑰花叢說不可能，它只可能找到另外一個花叢，那裡的玫瑰原本是紅色的，但如今已經全都變成白色的了。

夜鶯聽說了之後，飛到很遠的地方，找到這一處老花叢。「我需要一朵紅玫瑰，」懇求。

「我太老了，」對方回答。「冬天凍傷了我的梗脈，太陽讓我的花瓣褪色了。」

「只要一朵就好，」夜鶯懇求。「一定有辦法的！」

沒錯，的確有一個辦法，但它非常可怕，老花叢不願透露。

「我不害怕。告訴我該怎麼做，才能得到一朵紅玫瑰。一朵紅玫瑰就好。」

「妳晚上再回來，盡全力展現夜鶯最美妙的歌喉，唱出最優雅的旋律，同時，將妳的胸口抵住我的尖刺。鮮血將會透過我的樹汁，染紅玫瑰。」

那晚，夜鶯照做了，深信牠值得為愛犧牲性命。月亮一出現，牠便用胸口頂住尖刺，開始唱歌。首先，牠唱起墜入情網的男人與女人墜入愛河，而愛情又是如何值得所有形式的犧牲。隨著月亮劃過天際，夜鶯賣力歌唱，而玫瑰叢最美麗的那朵玫瑰被牠的鮮血染紅了。

「快一點，」玫瑰叢催促，「太陽快出來了。」

夜鶯讓尖刺戳進牠的胸口，直抵心臟，然而，牠繼續唱到最後一個字。

夜鶯此時已經精疲力竭，知道自己就要死了，牠啣起那朵最美麗的紅玫瑰，將它送給男學生。牠來到他的窗前，放下花朵，就這麼嚥下最後一口氣。

男學生聽見聲響，打開窗戶，眼前是他這世界上最夢寐以求的東西。太陽升起時，他拿了那朵玫瑰，跑向心上人的家。

「這是妳要求我的東西，」他滿身大汗，卻又快樂無比。

「這不完全是我想要的，」女孩回答。「它太大朵了，會遮住我漂亮的禮服。而且，今天晚上的舞會，我已經另外接受邀約了。」

男孩心煩意亂，轉身離開，將玫瑰扔進了水溝，它被路過的馬車輾得粉身碎骨。他回頭看自己的書，它們絕對不會要求他提供他做不到的事物。

我的一生便是如此；我就是付出一切的夜鶯，同時也因此犧牲了性命。

瑪塔．哈莉　敬上

（她最初由父母選定的名字是瑪格麗特．佐勒，後來被迫冠上夫姓，成為麥克勞德夫人，最後又為了區區兩萬法郎，被德國人收買，只能簽下自己的代號H21。）

PART - 3

第三部

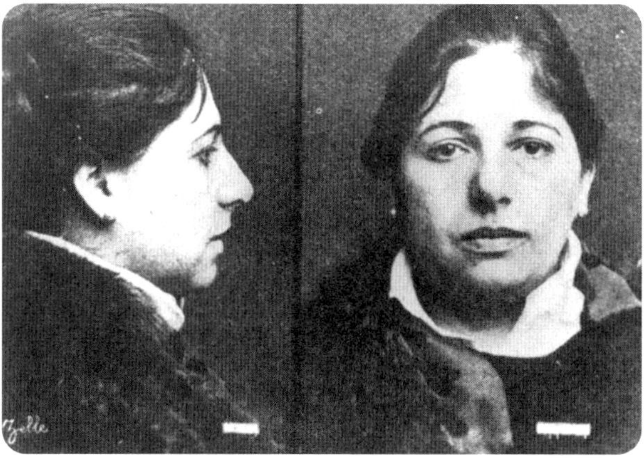

一九一七年，十月十四日，巴黎

親愛的瑪塔．哈莉，雖然妳還不知道，但妳的特赦申請已經被總統拒絕了。因此，明天一大早，我就會見到妳，這應該也是我們最後一次看到彼此。

眼前的我還有漫長的十一個小時，我知道今天晚上，我一秒都無法入睡了。因此，我要寫一封信給妳，其他人不會有機會看到它，但我打算將它當作調查的最後一項證據；雖然從法律的角度來看，它可能一點也派不上用場，但我希望至少能在自己的有生之年，為妳維護名譽。

我並不打算證明自己在這場官司的無能，因為事實上，我完全不是妳信上指責我的那種爛律師。我只是想重溫——或者說，為自己洗刷自己並沒有犯下的原罪——過去幾個月我遭逢的苦難折磨。這場試煉我並不孤單；我用盡一切辦法，努力想要拯救我曾經深愛的女人，但我永遠不會對自己承認這個事實。

這是整個國家的考驗；這些日子以來，每一個家庭都至少在前線失去了一個兒子。也因為如此，我們見識了不公不義與殘酷暴行，過去我從來沒有想像這些事情也會發生在自己的國家。當我寫這封信時，離我不到兩百公里的地方依舊戰事未歇。其中最血腥的一場戰役，肇始於我們的天真幼稚；自以為二十萬英勇大軍就能擊潰逐步挺進首都，持有精良坦克大砲的百萬德軍，事到如今，儘管我們奮勇抗戰，血流成河，死傷高達數千，前線仍維持在一九一四年，德國人發起敵對行動的原地。

親愛的瑪塔·哈莉，妳最大的錯誤，就是找到錯誤的人做正確的事。反間諜單位的喬治·拉朵在妳一回到巴黎，就馬上與妳聯繫，其實，他早已經是政府的眼中釘，前科累累。他是德雷福斯案的關係人，這個司法不公的政治醜聞，至今仍讓我們汗顏——一個無辜男子，從此流放，無依無靠。東窗事發後，拉朵甚至企圖為自己脫罪，堅稱自己的工作「並不僅止於知道敵人的下一步動作，而是要防範他打擊我方盟友的士氣」。後來，他還爭取升遷，卻被打了回票。這個人開始滿腹牢騷，就急著搞個轟轟烈烈的大事，讓自己再次受到眾人尊重，回到政治界呼風喚雨。有什麼人比得上一位知名女演員更能讓他利用？畢竟這位女士曾經讓許多軍官妻子又妒又恨，而且不久之前，高官顯貴還把她當女神崇拜。

人們不能整天沉浸在一敗塗地、死傷慘重的凡爾登、馬恩與索姆河戰役——他們需要勝利讓自己分心。拉朵深知這一點，在他見到妳的那一刻起，便開始編織自己的墮落蛛網。在他的筆記中，描述了你們兩人的初次見面。

「她走進我的辦公室，把這裡當作舞臺，打扮正式，努力想讓我印象深刻。我請她坐下，但她卻拉了一張椅子，坐在我的辦公桌前。她告訴我海牙的德國領事對她提出的要求，卻解釋她打算為法國工作。她甚至嘲笑我那群跟蹤她的屬下，說道，『你那群樓下的朋友不能放過我嗎？每次我離開飯店，他們就闖進我房間，翻得亂七八糟。連在餐館用餐，他們也坐在我隔壁，我一些老朋友都被嚇跑了。他們甚至再也不想和我一起出現，以防被人看見了。』」

「我問她打算如何為國家服務。她不以為然地回答：『你知道的啊。對德國人來說，我是H21。法國人品味比較好，私底下為國服務的人們，應該有更好聽的代號吧。』」

「我反駁她，希望自己聽起來沒有其他的意思：『我們都知道妳凡事要價不斐，這次妳會要多少錢？』」

「『全部都要，不然就分文不取』是她的回答。」

「她離開後，我請祕書把『瑪塔．哈莉檔案』交給我。看完所有蒐集的資料後——想必當年花了不少人力調查她——我找不到任何可疑跡證。顯然，這女人比我的探員聰明許多，也很擅長掩飾她涉入的不法行動。」

換句話說，即使妳有罪，他們也沒有任何定罪的證據，探員依舊每天監視妳，妳跟那位被德軍芥子毒氣弄到眼瞎的俄羅斯男友到維特爾時，他們蒐集的情報簡直近乎荒謬。

飯店的人總是看到她跟那位傷兵在一起，那個年輕人或許小她二十來歲。從她活力充沛的態度與走路的步伐判斷，我們很確定她吸毒，也許是嗎啡或古柯鹼。

她對一位房客說自己是荷蘭皇室家族的成員。又告訴另一個人她在納伊有座城堡。有一次我們出去吃晚餐，回來工作時，她在飯店大廳唱歌給一群年輕人聽，我們幾乎可以肯定她唯一的目的就是要荼毒那些無辜的女孩與男孩，因為他們只知道，自己眼前的這位女子，是「巴黎劇院舞臺的大明星」。

她的情人回到前線後，她在維特爾又多待了兩個星期，偶爾去散步，吃午餐，晚上總是單獨進餐。我們沒有注意到她與敵方有任何形式的接觸，但除非動機可疑，否則誰要獨自住在這種水療旅館呢？儘管她一天二十四小時都被我們嚴密監視，但她絕對已經找到規避我們的方法。

也就是在這個時候，親愛的瑪塔．哈莉，最卑鄙惡毒的打擊出現了。妳同時也被德國人跟蹤——這些人更謹慎，更有效率。從妳找上拉朵少校的第一天開始，他們便已經斷定妳會是雙面間諜。妳在維特爾閒晃時，在海牙徵召妳的領事克雷默，正在柏林接受審訊。他們想要知道為什麼要把兩萬法郎花在一個背景資料與其他傳統間諜沒什麼不同的女人身上——而且傳統間諜更小心，沒入人群的本事也高明得多。他又為什麼要找這麼高調知名的人士幫助德國打贏戰爭？難道他也是法國人的同夥？而H21為什麼過了這麼久，連一份報告都沒看見？「她偶爾會有探員接近——通常在大眾運輸工具上——並要求她提供至少一條線報，但她總是魅力十足地微笑，回答自己什麼消息都沒拿到呢。」

然而到了馬德里，他們終於攔截到妳寄給那位反間諜主管的信，也就是糟糕透頂的拉朵，內容詳盡敘述妳與德國某位高官的會面，此人規避監測，與妳見到了面。

「他問我取得了什麼消息，是否用過隱形墨水送出任何線報，或也許其間漏失了什麼。我說沒有。他跟我要了最近來往的人名，我說，我跟艾弗雷・齊柏特睡了。

「接下來，他開始暴怒，說他沒興趣知道我睡了誰，否則他有寫不完的清單，上面可能有一大堆英國人、法國人、德國人、荷蘭人和俄國人。我無視他的誹謗，他冷靜下來後，給了我菸。我開始用雙腿挑逗他。他可能認為眼前的這個女人，腦子只有豌豆大吧。他脫口：『我對剛才的行為向妳道歉。我累了。我需要全神貫注在德國和土耳其準備送往摩洛哥海岸的軍火。』然後，我還要求克雷默給我他還欠我的五千法郎；他說他沒有權力給我錢，他會請海牙的德國領事館處理這件事。『我們虧欠的，一定會償還，』他說。」

德國人的懷疑終於被證實了。我們不知道克雷默領事發生了什麼事，但瑪塔．哈莉絕對是雙面間諜，在那之前，也沒有提供任何相關資訊。我們在艾菲爾鐵塔頂端設了一個無線電偵測站，但那裡交換的資訊多半已經加密，無法閱讀。拉朵似乎看了這些報告，卻完全不相信內容；我也不知道他是否真的派人到摩洛哥海岸檢查軍火。但突然間，有一封電報從馬德里發到柏林，內容被法國人破譯，這就是妳被起訴的關鍵，儘管上面除了妳的代號，什麼也沒有。

Ｈ21探員獲悉摩洛哥海岸即將有潛艇抵達，也將協助軍火運輸順利抵達馬恩河。她將前往巴黎，明天到達。

拉朵現在持有指控妳的所有證據。但我並沒有愚蠢認為，單由這封電報就能說服軍事法庭判妳有罪，特別因為人們至今對德雷福斯案件仍記憶猶新。一個無辜的人就為了一篇無人署名，也沒有註明日期的信被定了罪。因此，眼前還需要其他陷阱。

我的辯護為什麼幾乎派不上用場？除了法官、證人以及原告早已有根深蒂固的成見之外，妳也沒有幫太大的忙。這我不能怪妳，但自從妳到了巴黎之後，妳習以為常的撒謊傾向，讓妳在法院毫無信譽可言。檢方持有具體證據，證明妳不是在荷屬東印度群島出生，也從來沒有接受印尼祭司的培訓；而且，妳也不是單身；甚至偽造護照上的年紀。在和平時期，這一切都不重要，但在軍事法庭上，妳的耳際可能已經聽到炸彈的隆隆聲了。

因此每次我主張「她一抵達這裡就找拉朵幫忙了」，對方就會提出異議，說妳唯一的目的只是要拿到更多的錢，用妳的魅力引誘他。這完全彰顯了此人無法令人寬恕的傲慢自大；這位少校身材短小，體重是妳的兩倍……還認為這就是妳的報應，自以為妳打算將他變成德國人手上的傀儡。為了加深這個表象，他甚至提到在妳出現之前的齊柏林飛船攻擊事件——那是敵軍的挫敗，因為沒有地理優勢。不過對拉朵而言，這是一個不能忽略的證據。

妳的美豔享譽全球，儘管不受尊崇，但總是令人欣羡。我對騙子所知不多，但這些人向來追求的不過是知名度與認同。即使面對真相，他們總是努力規避，冷冷重複自己說過的話，要不就是指責控訴者說的全是謊言。我瞭解妳努力想創造自己過著奇妙獨特人生的形象，或許是因為妳沒有安全感，或許因為妳總是不惜任何代價，只為了被人所愛。我明白，為了操縱那麼多男人，成為操縱他人的高手，一點點幻想是必然的。儘管不可原諒，但就是現實；這也是今天妳會有這種下場的最終原因。

我聽過妳說自己曾經與德國皇帝的兒子W王子睡過。我在德國也有一些認識的人，大家都一致認為妳不可能在戰時旅行一百多公里，跑到王子所在的宮殿。妳還吹噓自己認識許多德國特派團的許多成員；當時的妳講話大聲響亮，刻意讓現場所有人都聽得到。親愛的瑪塔．哈莉，有哪個腦筋清楚的間諜會提到與敵人共枕的齷齪內容？雖然妳只是渴望人們注意妳，擔心自己聲名不保，但這根本就是火上加油。

妳站在庭上時，面對的是一群大騙子，但我卻也是公開捍衛一位大眾鄙夷蔑視的女人。從一開始，檢方列出的指控完全站不住腳，真假難辨。當他們資料寄給我之後，我非常震驚，那時，妳也終於知道自己深陷泥淖，才下了決心雇用我為妳辯護。

以下是針對妳的一些指控：

1. 佐勒．麥克勞德屬於德國情報組織，她的代號是H21。（事實）
2. 自從兩國敵對情勢成立後，她去過兩次法國，這必然是有高人指點，為了取得敵軍情報。（妳一天二十四小時都有拉朵手下跟蹤──怎麼可能做這種事？）
3. 她第二次前往法國時，稍後事證顯示，她與德國情報單位分享所有資訊。（這裡有兩大錯誤：妳從海牙打電話安排會面；而妳第一次前往巴黎後，便已經與拉朵會面，所以根本沒有證據顯示妳與德國情報單位「共享」祕密。）

4. 她回到德國，假裝是要收拾留在那裡的衣物，但英國情報局逮捕她，指控她進行諜報行動，但她卻兩手空空。她堅持要他們與拉朵少校聯絡，但他拒絕確認她的身分。由於英方沒有立場或證據定罪，她遂被派往西班牙，我方人員看到她前往德國領事館。（事實）。

5. 在持有機密情報的前提下，她不久之後便現身在馬德里的法國領事館，表示她擁有敵軍軍火登陸的資訊，當時土耳其軍隊與德軍正準備入侵摩洛哥。由於我們已經知道她雙面間諜的身分，便決定不派人進行所有任務，因為顯然這一切都是陷阱……（？？？）

諸如此類，不勝枚舉，其他就不值得多加詮釋了，最終還有一封公開電報——或破譯代碼——顯示這位女人被兩國情報單位搞得聲名狼藉，克雷默也在審訊中坦承，「她是我們最差勁的選擇之一。」拉朵甚至聲稱妳自己編了H21的代號，而妳真正的代號是H44，並且曾經前往荷蘭安特衛普，到史拉目勒博士開辦的間諜名校接受訓練。

在戰爭中，首當其衝的受害者就是人類尊嚴。我也說過，妳的逮捕顯示法國軍隊的能力，同時可以轉移大眾對於成千上萬年輕人戰死沙場的注意。在和平時期，沒有人會把這些誤解錯覺視為證據。在戰爭時期，所有的法官卻會當下立即逮捕妳。

擔任我們之間橋梁的波琳修女，努力讓我瞭解妳在監獄的一舉一動。有一次她臉紅著告訴我，她請妳將妳的剪貼簿拿給她看，上面貼滿了媒體對妳的報導。

「開口跟她要東西的人是我。不要隨意評判她，指責她有意破壞修女單純的名聲。」

說到評判，我又算是什麼東西呢？但從那一天開始，我也決定為妳記錄一本簡單的相簿，過去我從來沒有為任何當事人這麼做過。由於全法國都對妳的案子很感興趣，關於間諜判處死刑的報導四處可見。不像德雷福斯，並沒有輿論要求釋放妳，也不曾見過為妳求情的遊行活動。

我的相簿現在正打開，放在我手邊，打開的那一頁有一份剪報，鉅細靡遺描述審判後的第二天。我在報導中只找到一個錯誤，與妳的國籍有關。

不顧第三戰爭法庭正在評估她的案子——或者假裝自己並不擔心事情經過，因為她總自認自己能分辨善惡，也清楚法國情報單位的技倆——俄羅斯間諜瑪塔・哈莉前往外交部，請求允許她到前線與情人會面，此人雙眼已受重傷，卻被迫上戰場。她表明自己的目的地是凡爾登市，似乎強調自己根本不知道東部前線戰火方酣。對方告知她相關文件尚未抵達，而且她的案子要交由部長本人負責處理。

經過閉門會議後，拘提令立刻發出，媒體記者尚未得知具體內容，一旦審判結束後，將立刻告知公眾詳情。

戰爭部長已經提前三天，在巴黎軍政長官——辦公室 3455 SCR 10 ——發出拘提令之前，下令逮捕瑪塔・哈莉——但必須等待罪狀成立，才得以執行命令。

由第三戰爭法庭檢察官為首的五人小組，立刻前往愛麗舍宮飯店的一三一號房，嫌犯身穿絲綢睡袍，還在用早餐。當人員詢問她為什麼要這麼做時，她聲稱她自己必須早起前往外交部，而且她餓壞了。

他們請被告穿好衣服，然後搜查公寓，發現了大量物品，主要是女性服飾與配件。此外，他們也發現前往維特爾以及其他地方的許可證，她在一九一五年十二月十三日將於法國進行另一項工作，費用也已經提供給她。她聲稱這全是一場誤會，要求他們列出沒收物品的清單，往後他們若沒有完整歸還她的每一樣物品，她就有證據可以控告他們。

唯有本報獨家取得她與第三戰爭法庭檢察官皮埃爾．布查丹少校的會議內容。這位匿名的消息人士向來提供本報情報單位徵召滲透敵方的相關人士，這些人後來不幸身分曝光，命運難測。根據這位人士透露——此人也為我們提供完整的內容——布查丹少校遞給她一連串她的相關控訴，要她一一看清楚。看完之後，他問她是否需要聘請律師，她斷然否認，只回答：

「但我是無辜的！有人在跟我開玩笑！我為法國情報單位工作，但他們很少找我要情報。」

布查丹少校請她簽署一份文件，根據我們的消息人士，她樂意簽名，因為她深信自己當天下午就能回到舒適的飯店房間，而且她會立即聯繫她「廣大」的朋友圈，這群人都會為她澄清那些她被指控的荒謬罪名。

她一簽完那份聲明，這位女間諜便被直接帶到聖拉薩女子監獄，此時她已經瀕臨歇斯底里：「我是無辜的！我是清白的！」報社設法獨家專訪了檢察官。

「她根本不像大家口中那個美女，」他說。「她肆無忌憚，也完全缺乏同理心，任意操縱男人，毀了這些人的前途，並至少導致一個人自殺身亡。站在我面前的是個如假包換的間諜。」

而後，本報團隊前往聖拉薩女子監獄，那裡早就聚集許多記者，爭相要採訪典獄長。他的想法似乎與布查丹少校不謀而合，我們也這麼認為：瑪塔．哈莉的美已經隨著時間逐漸消失了。

「只有照片裡的她看來依舊美麗，」他說。

「她向來過著放蕩不羈的人生，因此今天入監的這一位女子，有著很深的黑眼圈，髮根也開始轉灰，除了『我是無辜的！』她什麼話也沒說，行為舉止非常怪異，不斷大聲喊叫，像是往昔一些無法好好控制自己行為的婦女。我很驚訝我某些朋友的品味，他們竟然與她曾經有更親密的接觸往來。」

監獄的朱爾索柯醫師也證實了這一點，此外，醫生確認她並沒有任何的疾病——她沒有發燒，舌頭顯示沒有腸胃問題，經過聽診，她的心肺功能也沒有出現任何可疑症狀——隨後，他交待她可安頓在牢房，並請負責那一翼的修女提供衛生巾給她，因為她的生理期來了。

直到當時，經過我們口中所謂「巴黎極其嚴酷的拷問」之後，妳才與我聯繫，我到聖拉薩女子監獄拜訪妳。但為時已晚，對這個半數巴黎人都知道被老婆戴了綠帽的男人而言，妳已經罪證確鑿。那樣的男人，親愛的瑪塔・哈莉，就像一隻流血的野獸，他只一心想要復仇，根本不打算伸張正義。

出發前，我看了妳的證詞，發現與其捍衛自己的清白，妳反倒更有興趣強調自己的重要。妳提到結交有權勢的朋友，在全球各地的成功演出，擠滿熱情觀眾的劇院；其實，妳應該做的事正好相反，妳必須塑造自己受害者的形象，表明自己是拉朵少校的代罪羔羊，他根本就是在利用妳與跟同儕勾心鬥角，只為了想取得反間諜單位的主管職位。

波琳修女告訴我，妳回到牢房後不斷哭泣，整夜未眠，害怕這間惡名昭彰的女子監獄肆虐橫行的老鼠。如今，牠們僅用來讓自以為意志堅強的人們崩潰——例如像妳這種女人。她說，這一切的衝擊會讓妳在審判前發瘋。妳不止一次要求入員，由於妳住進單人牢房，無法與任何人接觸，住進設備簡陋的監獄醫院，至少能讓妳跟醫護人員說說話。

同時，妳的控訴者也開始覺得絕望，因為他們在妳的物品中，完全沒有找到可以讓妳定罪的證據；他們只發現了一個放了幾張名片的小皮包。布查丹下令要這群倍受尊重的紳士——多年來，他們總渴求妳的些許注意力——一一接受面談。但他們全數否認曾經與妳有過更親密的接觸。檢察官默內博士的訴狀也近乎可悲，由於缺乏具體證據，他一度聲稱：

「佐勒就是當今所謂的危險人物，她舉止優雅，能操各國語言——法語特別流利——社交手腕高明俐落，在社交圈無入而不自得，她的優雅，她的智慧，她不顧道德的惡劣行為，使她徹頭徹尾就是個最可疑的嫌犯。」

但最有意思的是，到頭來，連拉朵少校作證時都替妳說項；他一點也沒用上所謂「巴黎極其嚴酷的拷問」。而且他補充：

「她確實為我們的敵人服務，這一點已經很明確，但你們必須找到證據，我個人在這方面無法百分之百確認。如果你們需要審訊的重要證據，最好到戰爭部，那裡會提供相關文件資料。至於我，我深信在這種時機能四處旅行，並且接觸這麼多官員，這已然足以證明，當然，軍事法庭需要的是更確切的書面證據與資料。」

我真的好累，整個人很混淆；我還以為自己寫這封信給妳，就可以當面將信交給妳，回頭共同審視過去，讓傷口癒合，此外，誰知道呢？也許，可以將這一切從我們的記憶抹滅消逝，是嗎？

但事實上，這封信是為我自己寫的，我在說服自己，我已經竭盡心力，能做的都做了，努力想讓妳離開聖拉薩女子監獄；接著，我要挽救妳的性命；未來或許會找到機會寫一本書，告訴大眾妳遭遇的不公不義，只因為妳身為女人，更因為妳追求自由，此外，妳也因為在公眾場合赤身裸體，甚至與知名高官有染，犯了更嚴重的原罪。倘若妳永遠從法國或世界消失，我才可能將這一切公諸於世。在這裡描述我寫給布查丹少校的書信或提議也徒勞無功，我甚至曾經找上荷蘭領事，還列出拉朵犯下的種種謬誤。當調查因為證據不足而幾近停擺時，拉朵通知巴黎軍政長官，表示自己持有幾份德國電報——總共二十一份——強調妳與敵方核心階級的關聯。這些電報內容是什麼?真相:妳一抵達巴黎就找上拉朵,妳收錢做事,甚至要求更多的酬勞,妳有幾位情人都是達官顯要,但**絕對沒有**與我方或軍方活動相關的機密。

可惜我無法出席妳與布查丹的所有會面,由於刑事「國家安全法」的頒布,讓辯方律師無法全程參與——這根本是以「國家安全法」之名,刻意扭曲神聖法律。但我擔任行政高官的朋友們聽說妳強烈質疑拉朵少校,當初他付錢要妳當雙面間諜時,一副道貌岸然,讓妳相信他的誠意。就這一點來說,德國人完全知道妳會有什麼下場,他們也清楚他們唯一能做的就是讓妳深入險境。但有別於我們國家,他們早就忘了H21探員,現在他們全力阻嚇盟軍攻擊:善用人員、芥子毒氣與武器的優勢。

我知道妳目前所在的監獄惡名遠播,今天早上,我會最後一次拜訪妳。它之前收容瘋瘋病患,後來成為安養院,法國大革命期間,它是留置犯人、執行死刑的所在地。這裡毫無衛生條件可言,牢房一點也不通風,臭氣沖天的空氣傳播了疾病。這裡基本上就是妓女以及被家人摒棄不顧的人們才會住的地方。對人類行為有興趣的醫生也把這裡當作研究場所，但其中一位曾經如此公開指責此地：

「這些年輕女孩會是醫學界與道學家最感興趣的研究對象——她們是毫無防備能力的小動物，因為家產爭鬥，七、八歲時就被大人以『父母期待糾正她們行為舉止』送進來，她們的童年被腐敗、賣淫與疾病圍繞，十八、二十歲被釋放之後，對人生早已了無生趣，也不願意返回家園了。」

今天，妳的牢友之一，被我們稱之為「女權鬥士」。針對她比較難聽的稱呼還有「和平主義者」「敗戰主義者」與「不愛國」。這位囚犯是海倫・布里翁，她遭受的指控與妳的非常相似：拿了德國人的錢，與相關的士兵及軍火商往來、領導工會、操控勞工、印製地下報，聲稱婦女應當與男性擁有同樣的權利。

海倫的命運可能會與妳一樣，但我心中仍然有一些疑問，因為她本來就是法國人，有許多在媒體工作，深具影響力的好友，而且，她並沒有使用道德家最為譴責的武器：色誘，但妳卻把它當作自己最喜愛的工具，在但丁的地獄鋌而走險。布里翁女士打扮跟男人一樣，而且非常引以為傲。第一戰爭法庭判定她叛國，這個法庭比起以布查丹為首的軍事法庭，判決公正多了。

剛才我沒注意到自己睡著了。我看了看時鐘，發現離我到那可悲的監獄探視妳，只剩下三小時，這會是我們最後一次見面。現在回頭討論發生的一切已經不可能了，因為妳聘用我也並非出於自願。妳還以為清白就足以讓妳遠離我國引以為傲的法律制度編織而出的重重蛛網，但在戰爭時期，司法正義也早已扭曲變形了。

我走到窗邊。城市正酣睡，只除了來自法國大小城鎮的士兵，他們正高聲齊唱，朝奧斯特里茨車站前進，渾然不知自己即將面臨的命運。流言蜚語讓所有人都無法休息。今天早上他們已經將德國人趕出凡爾登前線；到了下午，有些危言聳聽的報導說土耳其軍隊已經從比利時開拔，準備朝斯特拉斯堡進行最後一波攻擊。我們每天都處於狂熱與絕望交織的情緒中，而且一天好幾次。

現在要詳述一九一七年二月十三日妳被逮捕的細節，已經不太可能。今天妳就要面對行刑隊，就讓歷史為我與我的工作伸張正義吧。或許有一天，歷史也會還妳公道，但我很懷疑。妳不只是一個被控進行間諜活動的女人，更膽敢挑戰民情風俗，為此，社會大眾很難就此饒恕妳。

然而，一張紙頁就足以概括一切：他們試圖追蹤妳的金錢來源，但這部分已經被密封為「機密」，因為他們總結出來，最終許多高官都會被牽連在內。妳往昔的那些老相好，都不出所料，一概否認自己認識妳。就連妳愛上的那個俄國士兵，甚至讓妳甘冒風險、不顧質疑前往維特爾探視他。此人到了法院，一隻眼睛仍然纏著繃帶，還是用法文念出一封公開信，唯一目的只為了羞辱妳。妳曾經光顧的精品店也被外界懷疑，有幾家報紙刊出妳未償的債務，儘管妳一直堅持「朋友們」本來就要送給妳那些貴重的禮物，結果全都改變心意，錢也沒替妳付清，就這麼人間蒸發了。

法官們被迫傾聽布查丹的論點，例如：「在兩性戰爭中，所有的男人，無論他們在各種領域多麼具有專業知識技能，總是被輕鬆擊潰。」他的其他金玉良言還包括：「在戰爭中，與敵國的公民的簡單接觸便足以引起質疑與譴責。」我還寫信給荷蘭領事館，請他們寄給我妳留在海牙的衣物，讓妳出庭時至少能保有一些自尊。但出乎我的意料，雖然貴國報紙不時出現妳的報導，荷蘭政府卻只有在開庭當天才收到通知。不過，這還是沒有任何意義；荷蘭也擔心這會影響該國的「中立」。

我看見妳七月二十四日進入法庭時，頭髮蓬亂，衣服褪色，但妳高昂著頭，步伐穩健，彷彿已經接受自己的命運，拒絕他們意圖加諸在妳身上的羞辱。妳瞭解戰鬥已經結束，妳能做的只是尊嚴離去。幾天前，貝當元帥下令處決無數士兵，他們全都被控叛國，只因為拒絕正面迎擊德軍機關槍掃射。法國人看見妳倨傲站在法官面前，便認定妳在挑釁這些死刑判決及……

夠了。留戀在這些我餘生都將無法釋懷的事物，一點用也沒有。我會哀悼妳的離去；我會掩飾我的羞愧，因為我誤以為戰爭時期，對於公平正義的定義，與和平時完全一致。我就要背負這個十字架，但如果我想要傷口癒合，就不應繼續在上面撒鹽了。

然而，妳的原告終將承擔更沉重的十字架。儘管他們今日歡欣鼓舞，握手祝賀，但這場鬧劇總有一天會被揭穿。就算沒有，他們也會知道自己讓一名無辜者定了罪，只因為他們需要分散人們的注意力，就像我們的那場革命，在它帶來自由、平等與博愛之前，仍然得讓吃不飽穿不暖的老百姓看見公共廣場上的斷頭臺，提供他們一些血腥娛樂。他們總愛把一個問題綁到另一個問題上，期待能一次解決、一勞永逸，但這麼做，只是串起一條難以摧毀的鋼鏈，他們必須拖著這沈重鎖鏈渡過餘生。

有一段希臘神話向來令我神往——我認為——它正概括了妳的一生。有一位美麗的公主，人們既崇拜她，卻也畏懼她，因為她過於獨立了。她的名字叫做賽姬（Psyche）。

擔心女兒最終會跟一隻怪物在一起，她的父親懇求阿波羅協助，祂決定要解決問題：她得獨自一人身穿喪服爬上一座山頭。在黎明之前，有一條蛇會來娶她。耐人尋味的是，妳在那張最出名的照片中，頭上也有一條蛇。

回到神話：父親聽從阿波羅的命令，公主爬上了山頂。公主覺得又怕又冷，她沉沉睡去，以為自己就要這樣死了。

然而，第二天她醒來時，人在一座美麗的宮殿，她成了一位皇后。每天晚上她的丈夫都來找她，但他只要求她一個條件：必須充分信任他，絕對不能看到他的臉。

在一起幾個月之後，她愛上了他，他的名字叫艾洛思。她喜歡他們的談話，兩人做愛時也得到極大的歡愉，她更受到應有的尊重。但同時，她也擔心自己嫁給了一條可怕的毒蛇。

有一天，她再也無法克制自己的好奇心，於是等丈夫入睡後，她輕輕挪開被單，在燭光下，她看見一位俊美無比的男子。但光線讓他驚醒，他發現妻子連他唯一的要求都做不到，艾洛思立刻消失了。

每次我想起這個神話，我便納悶：我們是否永遠看不見愛的真實面目？我相信希臘人想要傳達的是：愛是一種信仰，它會永遠保持神祕色彩。人應當把握當下的感受與情緒，因為如果我們試圖詮釋或破解它，魔法就會消失。我們循著它光芒萬丈的迂迴路徑，讓自己攀登險峻巔峰或勇渡幽深怒海，但我們深信那引導我們的雙手。如果我們不允許自己受到驚嚇，我們一定會在宮殿醒來；如果我們害怕愛所需要的道路，期待它向我們揭示一切，結果我們必將一無所有。

我想，親愛的瑪塔・哈莉，這就是妳犯下的錯誤。身處冰冷高山多年之後，妳完全不相信愛情，決心將它變成妳的僕役。但愛不服從於任何人，更會背叛那些試圖解開它奧祕的人們。

今天，妳成了法國人民眼中的囚犯，但等到日出時刻，妳就要自由了。

妳的控告者會需要更多的力量，扯動他們附加在妳腳邊的枷鎖，只為瞭解妳的犧牲。希臘文有個充滿矛盾的字眼：**澄清領悟**。有時它意味懺悔，悔改，轉化，也代表了承諾，決心不再重複自己犯下的過錯。

但在其他時候，它意味超越我們所知，面對未知的事物，毫無回憶或記憶，也完全不瞭解狀況，就直接採取下一步。我們被人生、過去，我們自認對或錯的事物緊緊箝制，但突然間，萬物驟變。我們毫無畏懼，走在大街上，與鄰居寒暄問好，但過了一會兒，他們不再是我們的鄰居——他們豎起籬笆與鐵絲網，讓我們看不到剛才的和諧美景。我是如此，德國人亦然，但最重要的是，那群決心要讓一個無辜女人死於槍林彈雨下的男人也是這樣，而他們無論如何，也不會承認自己的錯誤。

可惜，今天即將發生的事，昨天也已經發生，明天也將繼續發生，直到時間停止，或直到人們發現自己不只要理性思考，更得用感覺行動。肉體很容易疲乏，但靈魂永遠自由解放，終有一天，它會幫我們擺脫這個煉獄般的惡性循環，讓一代代人類不再重蹈覆轍。儘管思想保持不變，但總有一樣更強大的東西，那就是愛。

因為當我們真心相愛，才能更認識自己與他人。到時候，我們不需文字、時間、證詞、控訴或自白。我們只需《傳道書》上所說：

奸惡在公平中可以尋得，奸惡在正義間亦能尋得……但神終將審判義者，也將審判惡人，神就要審判二者，因為一切意圖，一切行為，終有塵埃落定之時。

那麼，放心去吧，與神同在，我的愛人。

EPILOGUE

終曲

女舞者因間諜罪，遭法國人處決身亡

【巴黎十月十五日訊】

瑪塔·哈莉女士出賣「坦克」相關機密給德國人，判決死刑。荷蘭舞者暨女冒險家瑪塔·哈莉在兩個月前，被軍事法庭以間諜罪起訴，今日凌晨已經執行槍決身亡。這位女罪犯，本名為瑪格麗特·葛楚·佐勒，從聖拉薩女子監獄搭車前往凡森城堡的廣場接受槍決。死前有兩位修女與一位牧師相伴。

十月十九日，就在瑪塔．哈莉處決後四天，原告喬治．拉朵少校也被指控為德國從事間諜活動，遭到逮捕。儘管聲稱自己無罪，他卻被法國反間諜單位高度質疑。而法國政府的審查行動——在戰爭期間已經就地合法——也已經被洩露給各大媒體。他指稱這完全是敵方栽贓：

「我的工作讓我暴露在各種陰謀風險之下，但這與我個人毫無關係，德國人只為了蒐集資料，企圖入侵我國。」拉朵最後在一九一九年獲釋，此時戰爭已經結束一年，但他身為雙面諜的惡名將如影隨形，跟著他到進墳墓的那一天。

瑪塔．哈莉的遺體被安葬在一處淺墓穴，外界無從得知它的位置。根據當年的習慣，她的頭顱被砍掉，交給政府代表管理。多年來，它被收藏保存在聖佩雷斯街的解剖博物館，但在某天卻不翼而飛。博物館人員直到二〇〇〇年才注意到這件事，不過，據說瑪塔．哈莉的頭顱很久以前便被偷走了。

一九四七年，撤銷猶太人一九四〇年「倉促歸化」[7]法案而被公開起訴的檢察官安德烈・摩內，曾經稱瑪塔・哈莉就是「現代莎樂美，唯一的目標就是把我國士兵的頭顱送給德國人」，在一次與新聞工作者暨作家保羅・吉馬的會談中，透露瑪塔・哈莉起訴過程完全依據推論、假設與臆測，他並總結：「這件事就你我知道就好，當年我們持有的證據少之又少，連懲罰一隻貓都不適合。」

7 編注：hasty naturalizations，第一次世界大戰後法國人口驟減，因此一九二七年放寬入籍條件。然而，一九四〇年七月二十二日，當時的法國維琪政府全面修改一九二七年訂立的外國人入籍條件，其中有一萬五千人的法國國籍被廢除，大多為猶太人和反納粹人士，此規定於一九四四年廢止。

143727

回信請致143727
國土辦公室外國人法案主管國土辦公室
倫敦西南區
下列文件引用於

國土辦公室

W.O. 1,101

機密文件
140,195/M.I.5.E

一九一六年十二月十五日

外國人法案官員敬啟：

佐勒・瑪格麗特・葛楚
荷蘭女演員，藝名為瑪塔・哈莉。

她是荷蘭胡薩軍團中校E・范・得・卡普藍男爵的情婦。
在戰爭爆發時，她離開米蘭，不顧自己與史卡拉大劇院仍有合約關係，
而後她經由瑞士與德國回到荷蘭，隨即在阿姆斯特丹與海牙兩地往返頻繁。
她在法爾茅斯被帶下船，準備從利物浦前往西班牙，
搭乘「雅拉瓜號」，該船在十二月一日出發。

身高五呎五吋，中等矮胖身材，黑髮圓臉，膚色偏黃，
額頭平坦，棕灰眼眸，眉毛深黑，鼻樑高挺，嘴唇不大，牙齒整齊，
下巴突出，雙手肌膚滑順，兩腳尺寸適中，三十九歲。

可操法語、英語、義大利語與荷蘭語，或許還能說一些德文。
強硬能幹，穿著得體。

如果她在英國入境，必須立刻拘提她，相關文件也必須立刻送抵本辦公室。

之前一九一五年十二月九日的文件，
編號61207/M.0.5.E以及一九一六年二月二十二日的文件，
編號74194/M.I.5.E.即時失效。

W・哈丹・波特
外國人法案主管

本份寄給外國人法案主管的四份影本，將分別抵達「認可機構」的四處辦公室，
控制局、新蘇格蘭場以及戰爭辦公室（M.I. 5（e））。

143727

Reply should be addressed to H.M. Inspector under the Aliens Act, Home Office, London, S.W., and the following reference quoted:—

HOME OFFICE.

W.D. 1,101

SECRET
140,193/M.I.5.E.

15th December 1916.

To the Aliens Officer.

Z E L L E, Margaretha Geertruida

Dutch actress, professionally known as MATA HARI.

The mistress of Baron E. VAN DER CAPELLAN, a Colonel in a Dutch Hussar Regiment. At the outbreak of war left Milan, where she was engaged at the Scala Theatre, and travelled through Switzerland and Germany to Holland. She has since that time lived at Amsterdam and the Hague. She was taken off at Falmouth from a ship that put in there recently and has now been sent on from Liverpool to Spain by s.s. "Araguaga", sailing December 1st.

Height 5'5", build medium, stout, hair black, face oval, complexion olive, forehead low, eyes grey-brown, eyebrows dark, nose straight, mouth small, teeth good, chin pointed, hands well kept, feet small, age 39.

Speaks French, English, Italian, Dutch, and probably German. Handsome bold type of woman. Well dressed.

If she arrives in the United Kingdom she should be detained and a report sent to this office.

Former circulars 61207/M.O.5.E. of 9th December, 1915 and 74194/M.I.5.E. of 22nd. February, 1916 to be cancelled.

W. HALDANE PORTER.

H.M. Inspector under the Aliens Act.

Copies sent to Aliens Officers at "Approved Ports" four Permit Offices, Bureau de Controle, New Scotland Yard and War Office (M.I. 5(e)).

此圖為英國國土辦公室於西元一九一六年十二月十五日致函MI5（英國國家安全局）機密文件。

EDITION DE PARIS

Le Petit Parisien

10 Cent. LE PLUS FORT TIRAGE DES JOURNAUX DU MONDE ENTIER 10 Cent.

MARDI 16 OCTOBRE 1917

garantie d'une paix durable
t de faire payer l'Allemagne

M. MALVY
MIS HORS DE CAUSE
UN COMMUNIQUÉ DU GOUVERNEMENT

L'espionne Mata-Hari
a été fusillée
hier matin à Vincennes

Mata-Hari

A LA CHAMBRE
Après le récent débat
sur la politique extérieure

LE GÉNÉRAL ALBY
nommé major général de l'armée

LA FUTURE OFFENSIVE DIPLOMATIQUE...
SOFIA

此圖為法國報紙 *Le Petit Parisien* 於西元一九一七年十月十六日當日出刊的剪報資料，其中一篇新聞記載「女間諜瑪塔·哈莉已於清晨時在凡森遭到槍決」。

作者後記與感謝

本書的所有史實完全真實，不過我依舊得創造一些對話，合併某些場景，更改幾件事的順序，並剔除一些我認為與敘事內容不相關的東西。

若想更認識瑪塔．哈莉其人其事，我推薦派特．希普曼一本很棒的作品《蛇蠍美人：愛與謊言，鮮為人知的瑪塔．哈莉人生》[8]、菲力浦．卡拉《瑪塔．哈莉的真實故事》[9]，卡拉是本書人物皮埃爾．布查丹少校的曾孫，得以接觸到全新未發表的真實內幕。此外，弗雷德．蓋東發表在《軍事史回顧》的〈瑪塔．哈利檔案〉[10]也是珍貴的參考文件。史密森尼學會收藏了羅素．華倫．豪依的《無罪間諜，可悲的瑪塔．哈莉》[11]一文，也是我用來研究的文章之一。

英國情報單位編撰的瑪塔．哈莉檔案已經在一九九九年公布，在我的網站可以找到全部完整內容，或者可以從英國國家檔案館直接購買，它的號碼是KV-2-1。

我要感謝我的律師，雪爾比·杜·帕契與他的同事為我釐清當年審判內容許多重要細節；謝謝我在瑞士德國的編輯安娜·馮·普藍塔，她認真嚴謹審視史料內容——當然，本書主角對許多現實人生也充滿了自己的憧憬與幻想；另外，也要謝謝我的朋友安妮·可吉姆，她是一位希臘作家，大力協助本書的許多對話，讓故事脈絡更為分明清楚。

本書要獻給J。

8 編注：Pat Shipman(2007), *Femme Fatale: Love, Lies, and the Unknown Life of Mata Hari*, Haper Collins。

9 編注：Philippe Collas(2003), *Mata-Hari : Sa véritable histoire*, Plon。

10 編注：Frédéric Guelton(2007), Le dossier Mata Hari, *Revue historique des armées*, 247。

11 編注：Russel Warren Howe, *Mournful fate of Mata Hari, the spy who wasn't guilty*, Smithsonian Institution, ref. 4224553。

藍小說 269

女間諜的告白

作者—保羅・科爾賀
譯者—陳佳琳
主編—嘉世強
編輯—張瑋庭
企劃經理—何靜婷
封面設計—白日設計
內頁排版—極翔企業有限公司
董事長—趙政岷
總經理—
出版者—時報文化出版企業股份有限公司
10803台北市和平西路三段二四〇號三樓
發行專線—（〇二）二三〇六—六八四二
讀者服務專線—〇八〇〇—二三一—七〇五
（〇二）二三〇四—七一〇三
讀者服務傳真—（〇二）二三〇四—六八五八
郵撥—一九三四四七二四時報文化出版公司
信箱—台北郵政七九～九九信箱
時報悅讀網—http://www.readingtimes.com.tw
電子郵件信箱—liter@ readingtimes.com.tw
法律顧問—理律法律事務所　陳長文律師、李念祖律師
印刷—勁達印刷有限公司
初版一刷—二〇一七年十月二十日
定價—新台幣二六〇元
（缺頁或破損的書，請寄回更換）

時報文化出版公司成立於一九七五年，
並於一九九九年股票上櫃公開發行，於二〇〇八年脫離中時集團非屬旺中，
以「尊重智慧與創意的文化事業」為信念。

國家圖書館出版品預行編目（CIP）資料

女間諜的告白 / 保羅・科爾賀（Paulo Coelho）著；陳佳琳譯. -- 初版. -- 臺北市：時報文化, 2017.10
面；　公分. --（藍小說；269）
譯自：A Espiã
ISBN 978-957-13-7150-4（平裝）

885.716　　106016356

A ESPIÃ by Paulo Coelho

https://paulocoelhoblog.com/

ISBN 978-957-13-7150-4
Printed in Taiwan